优先战略

——全国教育体制改革全面启动

何 森 编写

吉林出版集团股份有限公司

图书在版编目（CIP）数据

优先战略：全国教育体制改革全面启动/何森编. —

长春：吉林出版集团股份有限公司，2009.12

（共和国故事）

ISBN 978-7-5463-1806-6

Ⅰ. ①优… Ⅱ. ①何… Ⅲ. ①纪实文学－中国－当代 Ⅳ. ①I25

中国版本图书馆 CIP 数据核字（2009）第 236752 号

优先战略——全国教育体制改革全面启动

YOUXIAN ZHANLÜE　　QUANGUO JIAOYU TIZHI GAIGE QUANMIAN QIDONG

编写　何森

责任编辑　祖航　宋巧玲

出版发行　吉林出版集团股份有限公司

印刷　三河市嵩川印刷有限公司

版次　2010 年 1 月第 1 版	2022 年 1 月第 9 次印刷
开本　710mm×1000mm　1/16	印张　8　字数　69 千
书号　ISBN 978-7-5463-1806-6	定价　29.80 元

社址　吉林省长春市福祉大路 5788 号

电话　0431－81629968

电子邮箱　tuzi8818@126.com

版权所有　翻印必究

如有印装质量问题，请寄本社退换

前　言

自 1949 年 10 月 1 日中华人民共和国成立至今,新中国已走过了 60 年的风雨历程。历史是一面镜子,我们可以从多视角、多侧面对其进行解读。然而有一点是可以肯定的,那就是,半个多世纪以来,在中国共产党的领导下,中国的政治、经济、军事、外交、文化、教育、科技、社会、民生等领域,都发生了深刻的变化,中国人民站起来了,中华民族已屹立于世界民族之林。

60 年是短暂的,但这 60 年带给中国的却是极不平凡的。60 年的神州大地经历了沧桑巨变。从开国大典到 60 年国庆盛典,从经济战线上的三大战役到经济总量居世界第三位,从对农业、手工业、资本主义工商业的三大改造到社会主义市场经济体制的基本确立,从宜将剩勇追穷寇到建立了强大的国防军,从废除一切不平等条约到独立自主的和平外交政策,从"双百"方针到体制改革后的文化事业欣欣向荣,从扫除文盲到实施科教兴国战略建设新型国家,从翻身解放到实现小康社会,凡此种种,中国人民在每个领域无不留下发展的足迹,写就不朽的诗篇。

60 年的时间在历史的长河中可谓沧海一粟。其间究竟发生了些什么,怎样发生的,过程怎样,结果如何,却非人人都清楚知道的。对此,亲身经历者或可鲜活如昨,但对后来者来说却可能只是一个概念,对某段历史的记忆影像或不存在,或是模糊的。基于此,为了让年轻人,特别是青少年永远铭记共和国这段不朽的历史,我们推出了这套《共和国故事》。

《共和国故事》虽为故事,但却与戏说无关,我们不过是想借助通俗、富于感染力的文字记录这段历史。在丛书的谋篇布局上,我们尽量选取各个时代具有代表性或深具普遍意义的若干事件加以叙述,使其能反映共和国发展的全景和脉络。为了使题目的设置不至于因大而空,我们着眼于每一重大历史事件的缘起、过程、结局、时间、地点、人物等,抓住点滴和些许小事,力求通透。

历史是复杂的,事态的发展因素也是多方面的。由于叙述者的视角、文化构成不同,对事件的认知或有不足,但这不会影响我们对整个历史事件的判断和思考,至于它能否清晰地表达出我们编辑这套书的本意,那只能交给读者去评判了。

这套丛书可谓是一部书写红色记忆的读物,它对于了解共和国的历史、中国共产党的英明领导和中国人民的伟大实践都是不可或缺的。同时,这套丛书又是一套普及性读物,既针对重点阅读人群,也适宜在全民中推广。相信它必将在我国开展的全民阅读活动中发挥大的作用,成为装备中小学图书馆、农家书屋、社区书屋、机关及企事业单位职工图书室、连队图书室等的重点选择对象。

编　者
2010 年 1 月

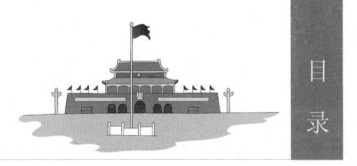

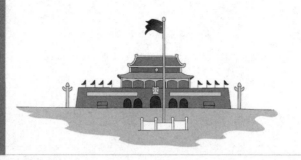

目录

一、 恢复正常

● 邓小平强调说："1975 年教育战线的整顿搞不动，我就想让军队带头，在军队搞一所国防科技大学，从高中直接招生。"

● 邓小平说："今年就要下决心恢复从应届高中毕业生中直接招考学生，不要再搞群众推荐。"

● 邓小平说："我们要千方百计，在别的方面忍耐一些，甚至于牺牲一点速度，把教育问题解决好。"

召开高校招生工作座谈会

1976 年金秋，共和国大地上百业待举。建设呼唤着人才，国家振兴需要人才，然而，人才从哪里来呢？

党和国家领导人把目光投向了荒芜已久的高等教育上。

1977 年 6 月 29 日，由教育部组织召开的全国高等学校招生工作座谈会在太原晋祠宾馆召开。

在会上，代表们研究了招生工作的各项政策。

在讨论招生对象时，一部分同志认为，要继续贯彻毛主席的"七二一指示"，即"从有实践经验的工人农民中间招收学生"。

大多数同志则认为，周恩来总理在 1972 年曾根据毛主席关于加强基础理论研究的指示，提出招收有研究才能、钻研有成绩的应届高中毕业生直接上大学，应该落实周总理的指示。会议结束时，基本维持了前几年的招生规定。座谈会在大家思想并不统一的情况下结束。

1977 年 7 月，邓小平向中央主动请缨分管科教工作。

7 月 23 日上午，邓小平同中共长沙工学院的张文峰、高勇谈话。邓小平指出：

我主动提出协助华国锋主席、叶剑英副主

席管教育、管科学……我们国家60年代和国际上差距还比较小，70年代差距就比较大了。要学习外国的先进技术。你们可以花钱把外国技术资料买来，编到教材中去，也可以派留学生去学，还可以请外国技术专家来教。只有学到手了才能发展，才能赶超世界先进水平。

邓小平强调说：

1975年教育战线的整顿搞不动，我就想让军队带头，在军队搞一所国防科技大学，从高中直接招生。现在看来还不够，还应当发展。教育要两条腿走路，要有重点。大学要从工农兵中招生，重点学校可以从应届高中毕业生中招。基础是数、理、化、外语，从小就可以学ABC。

7月29日，邓小平听取中共中央候补委员、中共中央教育部部长刘西尧等汇报教育工作。

邓小平指出：最近准备开一个科学和教育工作座谈会，找一些敢说话、有见解的，不是行政人员，在自然科学方面有才学的人参加。

邓小平接着说：

要进口一批外国的自然科学教材，结合我们的实际编出新的教材，以后就拿新教材上课。要组织一个很强的班子编写大中小学教材。要抓一批重点大学。重点大学既是教育的中心，又是办科研的中心。高等学校的科学研究，应纳入国家规划。重点学校首先要解决教员问题。清华、北大要恢复起来。要逐步培养研究生。教育部也要抓一些中小学重点学校，在北京就可以抓40所到50所。不能降低教师的待遇，要加强外语教学，要搞电化教学。

邓小平还指出，有几个问题要提出来考虑：

第一，是否废除高中毕业生一定要劳动两年才能上大学的做法。

第二，要坚持考试制度，重点学校一定要坚持不合格的要留级。对此要有鲜明的态度。

第三，要搞个汇报提纲，提出方针、政策、措施。教育与科研两者关系很密切，要狠抓，要从教育抓起，要有具体措施，否则就是放空炮。

8月4日，教育部向国务院报送了《关于全国高等学校招生工作座谈会的情况报告》。"报告"指出，普通高等学校招收的学生一般要有高中毕业或相当于高中毕业的文化水平。同时考虑到 1968 年以来在工厂、农村劳动的初中毕业生上大学的要求，根据各专业的不同情况，对文化程度的要求可以有所不同。

关于试招少数应届高中毕业生直接上大学的问题，"报告"指出：先在少数高等学校进行试验，试招人数为 4000 至 1 万人。

关于文化考查，"报告"提出"重视文化程度"，文化考查办法"采取口试、笔试等多种形式进行，提倡开卷考试，独立完成"，同时提出"不要凭一次考试决定弃取"。招生制度的总体框架并没有因此受到触动。

恰恰在教育部报送"报告"的同一天，邓小平在北京饭店召开科学和教育工作座谈会。在此之前，邓小平刚刚恢复工作。

5 月 24 日，邓小平在同中央有关同志谈话中指出，"要尊重知识，尊重人才"，指出"发展科学技术，不抓教育不行"，并且提出从小学抓起，"5 年小见成效，10 年中见成效，15 年 20 年大见成效"。

邓小平在科教座谈会上讲话

1977 年 8 月 4 日，科学和教育工作座谈会在北京饭店举行。按照邓小平的要求，中国科学院和教育部分别在科学院系统和高等院校确定了 33 位与会代表。

这是邓小平抓科学和教育工作的一个大动作，也是一个畅所欲言的座谈会。专家们说，如果不实行高考，今年又要按推荐的方法招来 20 万人，好多不合适的，浪费就大了。

专家们的一致意见使邓小平受到很大震动。他问坐在身边的教育部部长刘西尧："今年恢复高考还来得及吗?"

刘西尧说："推迟招生，还来得及。"

邓小平听了，当场决断："既然今年还有时间，那就坚决改嘛。"

在当天的会议上，邓小平在讲话中指出：

一讲科研，就离不开教育。现在科研人员后继乏人。科研人员来源可以从生产单位直接选拔、培养，但大量的还是靠大学，特别是尖端科学和理论方面的人才。所以要把大学办好。但教育只抓大学，不抓中小学不行。好多知识，要从小学开始打好基础。像语文、算术、外文，就要从小学抓起。教育工作基本方针就是遵照毛主席的教育路线去做。

邓小平强调说：

要做思想工作，把"臭老九"的帽子丢掉。对上山下乡知识青年中通过自学达到了较高水平的人，要研究用什么办法、经过什么途径选拔回来。这种人成千上万，要非常注意这部分人，爱护这部分人，千方百计把他们招回来上大学或当研究生。大学可以直接从高中招生。大学要办得活一点。有些青年成绩好，没毕业就可以当研究生，好的班也可以全班转入研究生。过几年后，大学要重点培养研究生。这样做，研究人员成长得快。这是个方针问题。这样出人才会快些。我相信中国人聪明，会大量出人才的。

邓小平以伟人的气概，对一些问题作出了调整。他的讲话，受到与会者的热烈欢迎。在会场上，有的人激动地流下了眼泪。

8月5日，邓小平主持科学和教育工作座谈会。在有人谈到如何提高中小学教师水平的问题时，邓小平指出：

大家提到大学的有些内容可以放到中学去讲，中学的有些内容可以放到小学去讲，这样不管是大学、中学还是小学的教师，水平就不行了。假如按新的课程，就有一批教师不合格，大家考虑到底该怎么解决这个问题。坚持两条腿走路，水平比较高的，叫做重点，重点大学、中学、小学。但是不等于非重点学校就不出人才。重点大学应当主要从重点中学招收学生。这样解决教师缺乏问题比较容易一些。教师自己要提高。在国外愿意回来的中国人，坚决请回来。

8月6日，邓小平继续主持科学和教育工作座谈会。在当天的会议上，有人谈到学制等问题。邓小平说：

从明年开始执行新的教育制度。今年做准备，把学制、教材、教师、学生来源、招生制度、考试制度、考核制度等都要确定下来，都要搞好。搞好后就不要经常变动了。当然小改也还是可能的。

邓小平指出：招生涉及下乡的几百万青年，要拿出一个办法来，既可以把优秀人才选拔上来，又不要引起波动。重点学校要统一招生。他说：

今年下决心按要求招生，招的学生要符合要求。

在有人谈到"以学为主"的问题时，他说：重点学校应以搞基础理论教学为主，培养学得比较深、水平比较高的科研人才。一般大学招的学生水平可能低一些，教学内容应有所不同，出的人才普通一些，但也可能出些尖子。

邓小平还指出：教育部要抓好重点学校，其他的放手让地方上抓。重点学校太少了，要再增加一些，好多专业院校也应当列为重点学校。现在办得不算好的学校要加强，搞几条腿走路。重点学校不要提倡半工半读。

邓小平刚一恢复工作，就以一个政治家、战略家的气魄和勇气深刻地思考着中国的前途命运和发展道路问题。中国的道路如何走，走向何方？应当从何处入手？以哪里为突破口？邓小平认为，中国要走现代化建设之路，要改革，就必须寻找突破口，这个突破口就是科技和教育。

邓小平敏锐地认识到教育是关系着国家和民族生死存亡的重大问题，并亲自指挥和领导了教育界的拨乱反正和全面恢复教学秩序的工作。

邓小平发表"八八讲话"

1977 年 8 月 8 日，科学和教育工作座谈会在北京继续举行。

在这次会议上，邓小平发表了著名的"八八讲话"。

邓小平以无产阶级革命家、政治家的胆略和气魄指出："对全国教育战线 17 年的工作怎样估计？我看，主导方面是红线。"并且肯定，绝大多数知识分子"取得了很大的成绩"。

这里谈到的"17 年教育路线"是个特定概念，指建国后的 17 年。

在谈到关于教育制度和教育质量问题时，他说：

> 一个是高等学校招收应届高中毕业生的问题。今年就要下决心恢复从应届高中毕业生中直接招考学生，不要再搞群众推荐。从高中直接招生，我看可能是早出人才、早出成果的一个好办法。

一个重大的决策就这样确定了。

8 月 13 日，根据邓小平关于改革高等学校招生制度的指示精神，教育部即刻在北京再次召开高等学校招生工作会议。

会议开始后，首先传达了邓小平"八八讲话"及其他一系列谈话精神，代表们深受鼓舞。

时任中科院政策研究室负责人的吴明瑜参与了"八八座谈会"的组织筹备工作，后来又和林自新一起负责起草了邓小平在全国科学大会上的讲话稿。

吴明瑜后来回忆说：

> 我们现在谈起邓小平的科技思想，总是会想到他在1978年全国科学大会上的讲话。实际上，小平同志在科学大会上的很多思想都是从这里来的。如果说科学大会是科技的春天，那么这次会议就是春天之前的惊雷。

明廷华当时在中科院工作，是"八八座谈会"的工作人员。明廷华后来回忆说：

> "八八座谈会"是科教战线拨乱反正的一次重要会议，它的最大贡献在于推翻了"两个估计"和恢复高考。它不仅解开了广大知识分子的思想镣铐，而且鼓舞了亿万青年及其家庭，使他们看到了公平公正的竞争机会和前进的希望。

"两个估计"，是压在科技教育界知识分子头上的两座大山。

在邓小平的指导下，全国教育工作开始焕发出新的活力。

8月18日，邓小平审阅教育部《关于推迟招生和新生开学时间的请示报告》，作出批示：

这是经过考虑，为了保证重点大学学生质量而商定的。拟同意。

"报告"提出：

原计划高等学校和中等专业学校八月开始招生，十一月中旬新生开学。现根据邓副主席最近的指示，我们将对高等学校招生制度作较大的改进，招生时间拟推迟到第四季度，一九七七年新生于明年二月底前入学，推迟三个月（包括寒假）。八月十三日至九月二十五日，全国高等学校招生工作会议决定：从今年起高等学校招生改变"文化大革命"期间不考试的做法，恢复统一考试、择优录取的办法。

9月6日，邓小平就高等学校招生问题，致信华国锋、叶剑英、李先念、汪东兴：

招生问题很复杂。据调查，现在北京最好中学的高中毕业生，只有过去初中一年级的水平（特别是数学），所以至少百分之八十的大学生，须在社会上招考，才能保证质量。

并附刘西尧关于教育工作几个问题的汇报。

9 月中旬，邓小平同王海容、唐闻生谈话，了解毛泽东生前同她们谈教育问题的情况。得知毛泽东说过，对 17 年教育工作不能估计过低。

9 月 26 日，邓小平审阅中国人民大学部分教师和干部关于建议由郭影秋组织筹备委员会，拟订恢复中国人民大学的具体方案的来信，并批转教育部处理。

在邓小平的倡导和领导下，教育战线打破徘徊局面，开始了全面恢复和整顿。

很快，随着学制的恢复与重建，全国教育迅速摆脱了混乱局面，逐步走上了健康发展的轨道，广大教育工作者在政治上获得了新生。

中国教育的春天来到了！坚冰初破，思想解放的曙光依稀可见了。

恢复高校统一考试制度

1977 年 10 月 5 日，中共中央政治局讨论并原则上通过了教育部《关于 1977 年高等学校招生工作的意见》。

10 月 7 日，邓小平审阅教育部按照 10 月 5 日下午中共中央政治局批示修改的 1977 年高等学校招生工作文件，并在刘西尧关于文件修改问题所作说明信上批示：

我看可以。退教育部办。

10 月 10 日上午，邓小平会见邓昌黎教授和夫人黄乃申，在谈到教育问题时说：

从现在起开始办重点中学，过了 5 年，教学质量就可转好。10 年后，重点小学的学生也可以升入大学。这样，研究人才的来源才有保证。我对科学教育想管十年，条件是马克思不要召见。我管军队，又管科教，一个武，一个文。我们发展科学的方针已经定了，现在需要的是各项具体措施。我们希望科教方面的整顿 5 年见初步成效，10 年见到中效，15 年见到大效，15 年以后还要不断进步。

10 月 12 日，国务院批转了教育部《关于 1977 年高等学校招生工作的意见》，规定从 1977 年起，对高等学校招生制度进行改革，恢复统一考试制度。

"意见"规定：

> 凡是工人、农民、"上山下乡"和回乡知识青年、复员军人、干部和应届毕业生，符合条件者均可报考。招生办法是自愿报名，统一考试，地（市）初选，学校录取，录取原则是德智体全面衡量，择优录取。

据当时参加招生文件起草工作的原教育部学生司有关人员回忆：

> 对政审的规定都写得非常详细，什么拥护共产党、走社会主义道路、参加集体劳动……把能想到的都写上了。
>
> 这个稿子当时送给邓小平，受到了严肃批评。邓小平同志看了非常不满，连说了三个"烦琐"，而且把我们起草的这一段全删掉了。
>
> 后来我们招生文件上写的政审条件基本上就是小平同志起草的。我们觉得如果要考试，比方要印卷子，要评卷子，总要一部分钱，全

靠国家拿也是很困难的。

　　试题出来后，却缺少印试卷的纸张。这么多人要考试，上哪儿弄纸呀？

当时纸张很缺。最后，为这件事还请示了中央。中央当机立断、果断决定，把印刷《毛泽东选集》（第五卷）的计划暂时搁置，用印刷《毛泽东选集》（第五卷）的纸张先行印刷考生试卷，这才使当年的恢复高考工作得以顺利进行。

恢复高考的消息传开后，从农村到城市、从内地到边疆，一代青年奔走相告，笑逐颜开。对于他们来说，真正改变命运的时刻到了。

恢复高考宛如冬天里的一把火，顷刻间点燃了广大青年的读书热潮，全国上下读书学习蔚然成风。

图书馆、新华书店里人头攒动，成为最拥挤、最热闹的地方。蒙满了灰尘的旧课本，一时间"洛阳纸贵"，人们到处寻找。

在全国拨乱反正的大潮下，高考成为当时社会最大的关注点，积压了整整 10 年的考生拥进了考场。

这一年全国有 570 万人报考，当年全国高等学校录取新生 27.3 万人；半年后，1978 年的夏天，610 万人报考，录取了 40.2 万人，同时还有 6.35 万人报考研究生，1.07 万人获得了深造机会。

一位名叫江涌的亲历者，回忆了这段时间自己的亲身经历：

　　1978 年，我作为一个年满 20 岁的回乡知青，随着全国大气候的变化，也迎来了我人生命运的拐点。

　　我是 1975 年夏天在临镇的中学高中毕业的，和当年所有的知识青年一样，我丝毫也不怀疑农村广阔天地可以大有作为。回到家里，大队支书马上让我当大队团支部书记，我对人生、事业充满了憧憬和希望。

　　…………

　　1978 年秋，公社再次组织考试。母亲劝我不参加考试，我最终顶不住诱惑还是参加了，并且成绩又是第一名。

　　我当上了一名光荣的民办教师。民办教师生活，为我迎来了正常的起码的生活条件，改善了家庭窘境，为我 1979 年考上大学赢得了补习功课的时间。

1978 年 3 月，邓小平在全国科学大会上强调指出：

科学技术人才的培养，基础在教育。

邓小平说：

我们要千方百计，在别的方面忍耐一些，甚至于牺牲一点速度，把教育问题解决好。

这掷地有声的话语使得神州大地掀起了学习科学、重视教育的阵阵热潮，全国涌现出一大批像陈景润一样刻苦学习、用心钻研业务的楷模。

1978 年，是中华民族命运的拐点，也是中国几百万青年人生命运的转折点。

当春雷震荡大地的时候，人们感到了春天的气息，而春天的万紫千红，却是在春雷滚过大地之后到来的。高等学校招生制度的改革是我国教育改革中较早进行的一项重大改革，强烈地震撼了教育界乃至全社会。

恢复高等学校招生制度不仅是高等教育领域的一件大事，而且是对整个教育事业、整个社会发展具有重大影响的大事。

高考制度的恢复极大地改变了当时年轻一代沉闷的精神状态，激发了亿万青少年学习科学文化知识的热情，广大教师精神振奋，教育界重新焕发了生机和活力，全国教育风气为之一新。

高考制度的恢复也激活了整个社会，社会风气和人们的生活方式为之一变。中国教育和人才培养由此走上了健康的轨道。

中央决定派遣出国留学人员

1978 年 6 月 23 日下午，当时的清华大学校长兼党委书记刘达，准备向中央领导当面汇报有关出国留学的工作。

这天下午，邓小平同当时的国务院副总理方毅，教育部领导蒋南翔、刘西尧等人，一道听取了刘达的工作汇报。

在听取汇报过程中，邓小平对留学工作作出了重要指示。他说：

> 我赞成留学生的数量增大，主要搞自然科学。要成千成万地派，不是只派十个八个……这是五年内快见成效、提高我国科教水平的重要方法之一。现在我们迈的步子太小，要千方百计加快步伐，路子要越走越宽，我们一方面要努力提高自己的大学水平，一方面派人出去学习，这样可以有一个比较，看看我们自己的大学究竟办得如何。

针对一些人对外派留学生的种种顾虑和担忧，邓小平当时就指出：

　　不要怕出一点问题，中国留学生绝大多数是好的，个别人出一点问题也没有什么了不起，即使 1000 人跑掉 100 个，也只占十分之一，还剩 900 个。

邓小平还要求：

　　我们要从外语基础好的高中毕业生中选派一批到外国进大学。今年三四千，明年万把人。这是加快速度的办法。

　　由此可见，邓小平加快扩大留学生派遣步伐的急切心情，也反映了他在历史的抉择面前，努力打开国门而不走封闭道路的政治远见。

　　邓小平的这一讲话，被称之为扩大派遣出国留学人员的重要讲话，对于开创改革开放时期中国的出国留学工作具有划时代的意义。

　　据时任教育部副部长的李琦回忆：

　　当时我作为教育部分管外事的副部长，既受到极大鼓舞，又清醒地意识到我国长期被封锁，特别是"文革"十年同外边几乎隔绝，同西方文化交流不多，对他们学校的情况，以至

如何派遣留学生等，十分缺乏了解。我们只有
建国初期向苏联、东欧派遣留学生的经验，要
想一下子向西方国家派遣这么多留学生，许多
工作确实很棘手。教育部拟订方案时，多方向
国内了解情况的学者请教。我们当时商定先向
美国、日本、加拿大以及西欧派遣留学生。

就在邓小平发表著名的扩大派遣留学人员重要讲话
后不到 20 天，教育部就提交了《关于加大选派留学生数
量的报告》，确定了选派计划。

1978 年 7 月，时任国务院副总理兼国家科委主任、
中国科学院副院长的方毅，在会见来华访问的美国科技
代表团时，直接与对方商谈双方互派留学生事宜。

不久，美国卡特总统的科技顾问弗兰克·普雷斯向
方毅副总理发出邀请，请中国政府派代表团去美商谈其
后几年中国向美国派遣留学生的有关事宜。

谈判之门似乎已经开启，但是却遇到了一个非常大
的困难。中国和美国这两个世界性的大国当时并没有建
立正式的外交关系，所以中国赴美谈判代表团只能以民
间身份出现。

选谁做团长，成为当时中央和教育部考虑的一个重
要问题。

这个团长既要在国外科技和教育界具有影响，而且
知名度要高，还要有外事活动经验，又要对国内教育情

况相当熟悉。

国务院有关部门最后选定了当时担任中国科协代主席、中国科学院副院长、北京大学校长的周培源。

1978 年 10 月 7 日，中国代表团抵美，先在美国西部的旧金山、洛杉矶地区参观访问，11 日抵达华盛顿，12 日起正式开始与美方谈判。

美方派出了包括白宫、国务院、国家科学基金会、美国总统科技顾问、科技政策办公室等方面有关人员在内的阵容强大的代表团。

中国代表团团长周培源在首次谈判时，作了基调发言。他说：

> 从本学年开始，我们将派遣大批科技人员和留学生出国进修和学习。派我们所需，学你们所长。派遣来美国的学生是以进修人员和研究生为主，还有部分大学本科生。学习专业以自然科学为主，还有少量学习社会科学和语言的……1978 年至 1979 年派遣的总数为 500 名。
>
> 1979 年至 1980 年派遣的人数将大于 1978 年至 1979 年，如果两国关系正常化，派遣人数将会有更大的增长。

由于隔绝已久以及意识形态差异等方面原因，双方难免有较大分歧，谈判甚至一度出现僵持局面。

经过反复协商，最后双方达成了 11 项口头谅解。为准确无误，双方还逐字逐句，共同核对了文字记录。

12 月 26 日，中国第一批派赴美国的 52 名访问学者起程抵达了美国。他们到达后还赶上了参加中国驻美使馆 1979 年元旦举行的中美建交庆祝活动。

同时，我国在 1979 年也热情接待了美国的第一批来华留学生、访问学者。

中国此举引起当时外国舆论的广泛关注，他们认为，"北京的外交官使人感到震惊"，"迄今在共产主义世界中尚无先例"，"令人信服地表明中国的政治自信心"。

在邓小平的大力倡导下，中国出国留学的大门终于打开。通过派遣留学生的方式，中国教育在与世界隔绝了多年之后，正式开启了对外合作与交流的新征途，出国留学很快从细流小溪演变成巨大洪流。

据当年第一批 52 名赴美留学人员之一的陈俊亮回忆说：

作为首批留学生，我当时没有任何心理准备，觉得一切都很突然。那是 1978 年暑假，当时我在北京邮电学院（现北京邮电大学）任职，第一次通知考外语我没有报名，不久，学校第二次动员，我才报了名。报名后 10 天就参加了考试，到 10 月份就接到了录取通知，紧接着就是集中学习，那个紧张程度让人有点火烧眉毛的感觉。12月下旬，在邓小平访美前夕，我们一行52人便搭乘当时先进的波音707飞机，绕道巴黎，飞往美国。邓小平对我们这些留学人员非常关心，1979年1月，邓小平第一次访美时，在中国驻美大使馆亲切接见留学生，并同我们分批合影。

这段历史同样留在第一批52名赴美留学人员之一的许谨诚的记忆中。他说：

邓小平访美期间，我和一些留美同学参加了卡特总统夫人在子午线饭店为小平夫人卓琳举办的招待会。招待会后，卓琳把留学生叫到一起，嘱咐我们说，国家派你们来不容易，你们学成后要回国，你们要是不回去的话，小平同志要着急的。当时我们感到，小平同志为了派人出国留学，承受着很大的压力。现在来看，小平同志作出的扩大派遣留学生的决策是很有远见的。

扩大派遣留学生是中国给世界的一个重要信号，表明中国的国门已经开放，中国正在走向世界，正在满腔热情地学习别人，追赶先进。因此，扩大派遣留学生历史地成为中国对外开放的前奏。

恢复督导制建立学位制

1977 年 9 月，邓小平在与教育部负责人谈话时提出：

> 要健全教育部的机构。要找一些 40 岁左右的人，天天到学校里去跑。搞 40 人，至少搞 20 人专门下去跑。要像下连队当兵一样，下去当"学生"，到班里听听课，了解情况，监督计划、政策等的执行，然后回来报告。这样才能使情况反映得快，问题解决得快。可以先跑重点大学，跑重点中学、小学。这些就是具体措施，不能只讲空话。

邓小平当时的话，实际上就已经提出了恢复我国教育督导机构和教育督导制度的设想。

1978 年 8 月 26 日，教育部发出通知，决定从 9 月 1 日起在全国中小学执行《小学生守则》和《中学生守则》，以后又相继发布了《高等学校学生守则（试行草案)》、《中等专业学校学生守则（试行草案)》和《中等师范学校学生守则（试行草案)》，成为新时期各级各类学校学生行为准则。

全国各大、中、小学校根据本校情况成立督导组，实行教学督导、查课督导，或编发"督导简报"，报道典型事例，提出需要注意和需要解决的问题或建议。

重庆市根据教育部指示精神，设立教育督导片区。片区督导组由市政府兼职督学和特约教育督导员组成。每个片区由市政府教育督导室确定一名组长督学和一名副组长督学。规定每位督学每年参加片区集体督导活动不少于两次。为保证片区教育督导顺利开展，由市教委每年安排片区督导专项工作经费、兼职督学工作补贴和资料费。

督导检查的重点是各地贯彻《中共中央关于改革和加强中小学德育工作的通知》；教育经费增长政策和教师经济待遇的落实；校舍中危房改造；制止中小学生流失；纠正乱收费等情况。这些举措与其他措施相结合，使各级各类学校在新时期有了很大发展。

不久，国家教委颁发了《教育督导暂行规定》。这是中国教育督导制度恢复以后第一部关于督导制度建设的法规性文件。在 1991 年 5 月首次教育督导工作会议后，国家教委下发了《普通中小学督导评估工作指导纲要（试行）》，要求各省市根据"指导纲要"提出的办学方向、学校管理、教育质量、办学条件等四个要点，制订督导评估方案。至此，中国的教育督导开始由传统型向现代型发展。

随着当时大、中、小学校督导制的恢复，学位制的建立也提上议事日程。

1980 年 2 月 12 日，第五届全国人大常委会第十三次会议审议通过《中华人民共和国学位条例》，于 1981 年 1 月 1 日起施行，标志着我国学位制度正式建立。

1981 年 5 月 20 日，国务院批准了《中华人民共和国学位条例暂行实施办法》。

"学位条例"制定了学士、硕士、博士三级学位的学术标准，中国学位制度从此建立，中国学位与研究生教育自此有了长足发展。

国家教委据"学位条例"制定了研究生培养和学位授予系列规章制度。

此后，我国本科生和研究生的培养能力显著增强，规模不断扩大。一个具有相当规模、学科门类大体齐全、学位质量能够得到保证、以高等学校为主体的学位与研究生教育体系和运行机制已经形成。

《中华人民共和国学位条例》实施后不久，北京大学数学系研究生张筑生，成为我国第一个通过博士学位论文答辩的研究生，获得博士学位。

张筑生的一位院士师弟说："张筑生的《微分动力系统原理》是该学科国内最早的研究生教材。我至今还在用这本书给研究生上课。"

数学家廖山涛评价："有了这本书，一大批年轻人就可以顺利地进入学科前沿。"

事实上，把"奥数"这个概念带给中国人的正是张筑生。1995 年，张筑生受命担任中国数学奥林匹克竞赛国家队主教练，做了 5 年，连拿 5 届总分第一。

张筑生去世后，北大校园网络论坛上有一个帖子说：

> 张老师也许是我一生中再难遇到的顶尖级的老师……他讲到几何，我才知道自己以前没有学过真正的几何；他讲到代数，我开始怀疑自己是否学过代数。张老师的数学思想深刻但表达极其清晰。

张筑生并不是特别知名，但是他在自己的岗位上贡献了全部的精力和才华。

二、 进行改革

● 邓小平说："我们要提高人民教师的政治地位和社会地位。不但学生应当尊重教师，整个社会都应当尊重教师。"

● 胡启立强调："我们现在召开全国教育工作会议，是顺乎民心、合乎历史要求的。"

● 李鹏说："实现《中国教育改革和发展纲要》提出的目标和任务，是一项伟大而光荣的使命，任重而道远。"

召开全国教育工作会议

1978 年 4 月 22 日，全国教育工作会议在北京召开。

召开这次会议的主要目的是：学习毛主席的教育思想和党中央关于教育工作的一系列指示；在思想、路线、方针、政策等方面明确一些问题；认真总结正反两方面的经验；讨论研究有关发展全国教育事业规划和大、中、小学工作条例等问题。

开幕式在人民大会堂举行，红色巨幅标语横贯大会会场：

> 高举毛主席的伟大旗帜，抓纲治教，为实现新时期的总任务而奋斗！

参加当天大会的有全国各省、市、自治区领导，中央直属机关和国家机关相关负责人，中国人民解放军各总部、军兵种、军事院校、北京部队的负责人以及主管文教的负责人；全国部分大、中、小学的负责人；部分七二一工人大学、共产主义劳动大学负责人；中等专业学校、技工学校、城乡业余教育、幼儿园、盲聋哑学校等各方面的代表，以及北京市各有关部门和大、中、小学的代表共 6000 多人。

当邓小平、李先念副主席笑容满面地登上主席台，并在前排就座时，全场欢腾起来，热烈的掌声经久不息。

在主席台前排就座的还有党和国家其他领导人乌兰夫、余秋里、陈锡联、耿飚、方毅、王震、谷牧、康世恩，以及中共中央宣传部部长张平化、中共中央组织部部长胡耀邦、中共中央教育部部长刘西尧。

15时整，中共中央政治局委员、国务院副总理方毅宣布大会开幕。

中共中央副主席、国务院副总理邓小平在热烈的掌声中作了重要讲话。

邓小平说：

同志们！

……改革高等学校招生制度和批判"两个估计"之后，教育战线出现了许多新气象。成绩应当充分肯定。但是，无论在教育界，还是在社会上，大家都希望教育工作有更快的进展。

……为着实现这些要求，我们教育工作有许多问题要解决，有许多事情要做。这里的关键，是怎样在新的历史条件下，进一步贯彻执行毛主席提出的"教育必须为无产阶级政治服务，必须同生产劳动相结合"的根本方针。

邓小平指出：国家计委、教育部和各部门，要共同努力，使教育事业的计划成为国民经济计划的一个重要组成部分。这个计划应当考虑各级各类学校发展的比例，特别是扩大农业中学，各种中等专业学校、技工学校的比例；要研究发展什么样的高等学校，怎样调整专业设置、安排基础理论课程和进行教材改革。要制定加速发展电视、广播等现代化教育手段的措施，这是多快好省发展教育事业的重要途径，必须引起充分的重视。

邓小平说：

我们要提高人民教师的政治地位和社会地位。不但学生应当尊重教师，整个社会都应当尊重教师。要热情地关心和帮助教师思想政治上的进步，积极地在优秀的教师中发展党员。要努力提高现有教师队伍的教学能力和教学质量。要研究教师首先是中小学教师的工资制度。特别优秀的教师，可以定为特级教师。

邓小平的讲话，不断被雷鸣般的掌声打断。

接着，刘西尧部长在报告中指出：

教育战线在完成新时期的总任务中，肩负着重大的责任。我们要培养亿万有社会主义觉悟的能够掌握现代生产技能的劳动者，培养千千万万的各种专门人才和懂得管理现代经济和现代科学技术的专家和干部。这是历史赋予我们的光荣任务。

他说，当前，中心环节是提高教育质量。要充分发挥高等教育在提高教育质量和培养人才中的重要作用。同时，要认真从中、小学抓起，切实打好基础。集中力量办好一批重点大学、中学和小学。要注意立足现有基础，充分挖掘潜力，调动各方面的积极性。

刘西尧部长说，中共中央决定，在明年的适当时候召开全国教育大会，表彰先进，交流经验，进一步发展教育战线的大好形势。全体教育工作者要以优异成绩迎接大会的召开。

这是一次成功的大会，这是一次胜利的大会。会议推动了中国教育事业的蓬勃发展。

北京景山学校特级教师、教数学的郑俊选，后来回忆1978年全国教育工作会议后发生的变化说：

我从教40多年，有两件事使我终生难忘。一是我担任北京景山学校成立后的第一个教改实验班的班主任和数学课教师，另一件是我被首批评为特级教师，这件事得到了邓小平同志的批准。

北京景山学校的变化可以追溯到1978年3月，当时，邓小平在谈到《坚持按劳分配原则》时就指出，现在小学教员的工资太低，一个好的小学教员，其付出的劳动是相当繁重的，要提高他们的工资。将来，有些教得很好的小学教员，工资可以评为特级。

时隔不久，北京景山学校的领导根据邓小平的讲话精神，向中央教育部报请授予 3 名小学教员为特级教师。这个具有突破性的举措，得到了邓小平的批准。

郑俊选后来回忆道：

> 1978 年 5 月，我和另外两位同事被首批评为特级教师的消息通过新闻媒体传遍了全国各地，同事好友以及许多曾经教过的学生纷纷向我表示祝贺。一时间，来景山学校听课的教师络绎不绝。这对我们学校的教育、教学改革工作是一个有力的促进，对我个人来说，更受到了极大的鼓励与鞭策，使我前进的方向更加明确了，下决心要在小学数学教学的实践中，探索出一套既适合我国国情，又符合小学生认知发展规律的小学数学教学的教育思想和教学方法。

这 3 名教师长期在北京景山学校坚持教育改革试验，分别在识字教学、小学数学和外语教学方面创新教学方法，收到了良好的教学效果，受到普遍的赞扬。借着全国教育工作会议尊重教师的春风，他们成为国家批准的最早的特级教师。

1983 年国庆前夕，邓小平为北京景山学校题词："教育要面向现代化，面向世界，面向未来。"邓小平的这个题词后来被简称为"三个面向"。

"三个面向"为 21 世纪中国教育的宏观决策提供了科学依据，成为党和政府领导教育事业改革与发展的指导方针，对于开创教育工作的新局面起着至关重要的影响。

在中小学教师中评定"特级"的举措，绝不仅仅是对几位教师工作的认可，而是体现了整个社会对中小学教师长期默默无闻、辛勤工作的充分肯定。

它意味着中小学教师地位的提高、经济待遇的改善，代表着社会上尊师重教风气的重新兴起，成为当时我们国家推进科教事业发展的一项重大决策。

此后，全国各地都开展了评选特级教师的工作，使"教师工作成为阳光下最令人羡慕的职业"逐步变为现实。

全国人大决议设立教师节

1981 年 3 月，中国人民政治协商会议第五届全国委员会第四次会议在北京召开。

在这次会议上，中国民主促进会的 17 位政协委员联名提交了一份提案：

教师担负着培养四化建设人才的重任，应当享有崇高的社会地位。尊师问题，不仅是学生的问题，我们整个社会的成员，所有学生的家长，特别是我们各级政府的负责人都要尊师……现在儿童有儿童节，青年有青年节，我们认为培养他们成为社会主义宏伟事业接班人的人民教师也应该有教师节。

该提案被全国政协编为第 170 号提案。

政协审查的意见如下：

建议国务院交教育部研究办理。

1983 年 3 月，全国政协六届一次会议上，民进 18 位政协委员联名再次提出：

为提高教师的社会地位，造成尊师重教的社会风尚，建议恢复教师节。

全国政协审查的意见如下：

建议由中共中央宣传部会同教育部研究办理。

同年9月，中宣部办公厅致函教育部办公厅，经研究同意恢复教师节。12月，由教育部何东昌部长签发的教育部党组和全国教育工会分党组《关于恢复"教师节"的请示》送中央宣传部。

1984年12月9日，北京师范大学的王梓坤校长一大早起床后，"突然"有了给教师设立节日的念头。王梓坤回忆说：

当时就想，妇女有一个妇女节，工人有一个"五一"劳动节，如果有一个教师节，教师职业可能会引起社会的重视。

这个想法让他有些激动，他5时就来到了办公室，想把这个想法告诉别人，但是，当时办公室还没人来上班。

8 时，王梓坤第二次来到办公室，就直接把电话打到自己认识的一位《北京晚报》的记者那里，并告诉对方这个想法，得到这位记者的赞同。

第二天，《北京晚报》刊出了一条题为"王梓坤校长建议开展尊师重教月活动"的 200 多字的简讯，在社会上引起了很大反响。

当时，王梓坤在北京师范大学工作，正值改革开放初期。他后来回忆道：

> 在邓小平同志"要强调尊重教师"的大声疾呼下，轻视知识、轻视知识分子的不良风气得到了转变，教师的社会地位有所提高。
>
> 但是，地方各级各类行政部门对教育还是没有引起足够的重视，而不重视教育的直接后果之一就是教师的待遇偏低。

在京郊调研时，王梓坤发现一些民办教师的生活异常清贫，只拿几元钱的工资却承担着和其他公办教师同样的教学任务。

由于当时社会上存在一些急功近利的社会风气，诸如"造原子弹不如卖茶叶蛋"之类的言论流传比较广泛，因此，很少人愿意从事教师职业，对教师的侮辱性言论也比较多。甚至在 1984 年前后，有些地方更是出现了殴打教师的极端事件。

面对严峻的社会大环境，时任北京师范大学校长的王梓坤感到，教育工作者绝不能独善其身。

继 12 月 9 日提出设立教师节的倡议之后，为了进一步扩大影响，12 月 15 日，王梓坤邀请钟敬文、朱智贤、陶大镛等北师大知名教授一起召开座谈会，联名正式倡议设立教师节。

当时的《北京日报》对这个事件进行了报道。

1984 年 12 月，教育部党组和全国教育工会分党组《关于建立"教师节"的报告》送中央书记处并报国务院。报告中说：

> 根据中央领导同志的指示精神，我们进行了研究，建议确定每年 9 月 10 日为教师节，在新学年开始，新生一入学，即开展尊师活动……如中央和国务院原则上同意建立"教师节"，我们建议由国务院提请全国人民代表大会常务委员会批准颁布。

相隔仅仅一个月，1985 年 1 月 21 日，第六届全国人大常委会第九次会议通过了决议，将每年的 9 月 10 日定为"教师节"。从此，国家设立了教师节。

王梓坤非常高兴，他后来回忆说：

> 在当时的大环境下，教师地位的提高和教

师节的设立呼之欲出，我们的倡议与国家大势实际上不谋而合了。

1985 年 9 月 8 日上午，李鹏、王震、周谷城、严济慈、雷洁琼等领导同志，在人民大会堂参加了首都 100 名优秀教师代表座谈会，并向教师们致以节日的祝贺。

李鹏强调，深化教育改革是当前教育战线的一项迫切任务。教师们表示，要努力做到教书育人、为人师表。

9 月 10 日，国家主席李先念给全国教师写信祝贺教师节。李先念在信中热情洋溢地说：

你们中的大批优秀教师所展现的崇高品格，不愧为全国人民的一代楷模。特别是中学、小学和幼儿园的教师，在比较清苦的工作和生活条件下，像春蚕那样，为祖国后代奉献着自己的一切；像园丁那样，呕心沥血，培育祖国花朵苗壮成长。党感谢你们，政府感谢你们，人民感谢你们！

同日，中共中央宣传部、国家教委、北京市人民政府、共青团中央、全国教育工会等单位在人民大会堂隆重集会，庆祝新中国第一个教师节。

万里在会上发表讲话，代表中共中央和国务院向全国教师和教育工作者热烈祝贺节日。

为了庆祝新中国成立以来第一个教师节，北京师范大学全体师生在西操场举行了隆重的庆祝大会，主持仪式的王梓坤见到了一个令他此后很长时间仍然激动不已的场景：

> 会场上，有4个学生，一人手里举起一个大大的方块字，组合起来是"教师万岁"。我在主席台上，突然看到这4个大字，又惊喜，又振奋！
>
> 1984年国庆时，北大学生在天安门广场打出的标语"小平你好"振奋了全国人民，"教师万岁"这鼓舞人心的4个大字，对教育界同样具有思想解放的意义。它一方面表达了学生对老师的尊重，另一方面更向全社会大胆呼吁形成尊重教师的风气。

王梓坤说：

> 从设立之初，党和国家就对教师节非常重视，许多领导同志在这个特殊的节日里纷纷来到北师大等各级各类学校与师生共同庆祝。

建立教师节，标志着教师在我国逐步受到全社会的尊敬，使教师的工作真正成为社会上最受人尊重、最值得羡慕的职业之一，形成尊师重教、尊重知识、尊重人才的社会风气；有利于全社会关心教育事业，有利于提高整个中华民族的科学文化素质。

此后，每年 9 月 10 日前后，全国各地都要举行教师节庆祝活动，召开隆重的表彰大会，表彰那些优秀教师和在尊师重教工作中取得显著成绩的单位。

各级政府都以"为教师办实事，办好事"为主题，不断推动落实为教师排忧解难的具体措施，为他们献身教育事业创造条件，使尊师重教的传统得以恢复和发扬光大。

各级政府通过评选和奖励，介绍经验，帮助解决工资、住房、医疗等方面的实际困难，改善教学条件等，大大提高了广大教师从事教育事业的积极性。

全国人大决议将每年的 9 月 10 日定为"教师节"，国家设立了教师节，这在我国教育体制改革中占有重要的地位。

中央起草颁布教改决定

1985 年 5 月 15 日，全国教育工作会议在北京隆重召开。

会议期间，代表们学习党中央、国务院领导关于教育体制改革的重要讲话，讨论《中共中央关于教育体制改革的决定（草案）》，研究实行教育体制改革的步骤和措施。

党和国家领导人胡启立、周谷城，全国政协副主席钱昌照、周培源、费孝通、华罗庚，以及中共中央、国务院有关部委的负责人蒋南翔、卢嘉锡、胡锦涛、赵东宛、张承先、滕藤、沈荣骏、曾德林、张彦宁、黄辛白、张文松、彭珮云等出席当天的大会。

中共中央书记处书记胡启立在开幕大会上作简短讲话。他说：

> 我们这次会议的中心议题，是讨论《中共中央关于教育体制改革的决定（草案）》，就如何繁荣和发展社会主义教育事业献计献策，共商大计。希望与会同志共同努力，把会议开好，开成一个统一认识、明确方向的会议；一个奋发进取、知难而进的会议；一个决心站在教育

战线前列、带领大家开创教育事业新局面的
会议。

胡启立围绕如何把会开好讲了三点意见：为什么要
开这个会？会议文件是个什么性质的文件？怎样开好这
个会？

他说，经济建设、社会发展、科技进步，都取决于
人才，而解决人才问题的关键在于教育。搞好教育体制
改革，让教育事业在面向四化建设的轨道上得到蓬勃发
展，确实是一项迫在眉睫的、带有根本性的战略任务。
尊重知识，尊重人才，首先就要尊重教育。

胡启立强调：

胡耀邦同志最近在中央书记处开会讨论教
育体制改革文件的时候说，从今年起，新年、
春节期间，中央和各级领导同志首先要去慰问
教师，一定要在全社会造成尊重教育、尊重知
识、尊重人才的浓厚空气。事实上，现在越来
越多的人认识到了教育的重要地位和作用。我
们现在召开全国教育工作会议，是顺乎民心、
合乎历史要求的。

胡启立指出，在经济体制改革的文件公布以后，中
央书记处及时认真抓了教育体制改革问题，这就把一个

迫切需要解决而又成熟了的战略问题，突出地提到了全党的议事日程上来了。

这次会议颁布了《中共中央关于教育体制改革的决定》，明确提出了在全国有计划、有步骤地普及九年义务教育的重大任务。

这是继《中共中央关于经济体制改革的决定》和《中共中央关于科学技术体制改革的决定》后，中共中央颁布的又一重大纲领性文件。

在这次会议上，邓小平发表了《要把教育工作认真抓起来》的著名讲话。讲话只有短短的 13 分钟，但字字千钧。

邓小平在讲话中指出：

> 我们多次说过，我国的经济，到建国 100 周年时，可能接近发达国家的水平。我们这样说，根据之一，就是在这段时间里，我们完全有能力把教育搞上去，提高我国的科学技术水平，培养出数以亿计的各级各类人才……中央提出要以极大的努力抓教育，并且从中小学抓起，这是有战略眼光的一着。如果现在不向全党提出这样的任务，就会误大事，就要负历史的责任。

在党的十二届三中全会制定了关于经济体制改革的

决定以后，中央立即将科技、教育体制改革，作为迫切需要解决的战略任务提到了重要工作日程。

早在1984年11月，中央成立了科技、教育体制改革文件起草领导小组，着手进行科技、教育体制改革文件的起草工作。

在起草《中共中央关于教育体制改革的决定》的日子里，邓小平对教育体制改革非常关心，经常亲自过问，作指示，批文件，为起草这个文件倾注了大量心血。

中央派人到全国各地进行调查研究。当时中国农村校舍很破烂，到处是黑屋子、泥台子，据当时参加调研的人士后来回忆：

　　教育部派调查组到青海调查，调查人员走进一所学校的教室，小学生全体站立，热烈地鼓掌欢迎，经久不息。调查组请学生坐下，都不坐，一看，原来都没有板凳，孩子们全部站着上课。

这次调查后，教育部讨论普及九年义务教育需要的费用金额，初步算了算大概需要几千亿元，国家的确拿不出来。

调查组后来把这些问题汇报给中央，中央提出了有计划、分步骤地实施措施，就这样，把普及义务教育的目标写入《中共中央关于教育体制改革的决定》，将教育改革纳入改革开放和现代化建设的总体设计之中。由此，国家决策层下决心强力狠抓教育。

11 月底至 12 月中旬，中央书记处书记胡启立到安徽、江苏等四省对教育工作进行专题调查。回京后不久，他就对教育体制改革中一些重大方针政策问题，提出了自己的见解，得到了中央政治局常委们原则上的肯定，邓小平批示"很赞成"。

11 月 14 日，胡耀邦在他主持召开的中央科技、教育体制改革领导小组第一次会议上，系统阐述了他对《中共中央关于教育体制改革的决定》的初步构思，为起草《中共中央关于教育体制改革的决定》奠定了一个很好的基础。

1985 年 4 月中旬，中央办公厅把第五稿发给全国各地、各部门征求意见，先后收到近 300 份意见。

人代会期间，还征求了部分人大代表和政协委员的意见。此外，在北京还请了 9 位美籍华裔学者座谈，征求他们的意见。

从 1984 年 11 月领导小组成立，至 1985 年 5 月 28 日《中共中央关于教育体制改革的决定》问世，领导小组会议先后共开过 3 次。对《中共中央关于教育体制改革的决定》几经讨论、修改，形成了第八稿。

起草《中共中央关于教育体制改革的决定》的过程，同时也是不断征求意见、集思广益的过程。中央先后曾开过不少座谈会，征求中央有关部门、部分省市区负责教育工作的同志、部分高等院校负责人、专家，以及民主党派的同志的意见。

据粗略统计，全国先后参加讨论《中共中央关于教育体制改革的决定》的在 1 万人次以上。《中共中央关于教育体制改革的决定》吸收了各界人士的许多宝贵意见。《中共中央关于教育体制改革的决定》既凝结了关心教育人士的心血，也是集体智慧的结晶。

1985 年 5 月 3 日下午，中央书记处组织讨论《中共中央关于教育体制改革的决定》第八稿时指出：

> 我国陈腐的传统教育思想至今影响很深，从家庭到学校以至整个社会，都是只教孩子要听话，而很少启发孩子勤想问题，会提问题，勇于创造。
>
> 在教学方法上，多半是填鸭式的，以灌输为主，让学生大量地死背硬记。
>
> 在管理上，也是采取一套保姆式的办法。许多领导干部用人也是只选听话的，爱提意见的人不受欢迎。

中央书记处负责人万里说：

> 改变这套陈腐的传统教育思想和教育方法极为重要。现在如果不从小就培养孩子敢于提

问题和独立思考的能力，不发扬孩子们的创造精神，我们国家的经济和社会发展是不可能赶上去的。

中共中央总书记胡耀邦说：

> 我赞成万里同志的意见。有的国家十二三岁的小孩背上挎包走几千里，我们的孩子行吗？我们就是讲听话。什么叫智？我看应该提出，一要有现代化的科学知识，而不是20年代的；二要培养独立思考和独立生活的能力。没有这两条，还叫什么智！
>
> 要培养合格的人才，学校里必须要有好的政治空气、好的精神状态，这就需要有好的思想政治工作。如果没有这些，教育改革是搞不好的。

胡耀邦分别主持召开了中央书记处会议，对第八稿和第九稿逐字逐句地进行了讨论，会后又经过修改，形成第十稿，并提交全国教育大会讨论。

5月13日上午，胡耀邦第五次亲自主持会议，讨论《中共中央关于教育体制改革的决定》第九稿。

当天傍晚，胡耀邦吃过晚餐在院中漫步，边走边沉思着。蓦地，他对身边的同志说，《中共中央关于教育体制改革的决定》要加上"要激励学生为祖国的富强奋勇进取、建功立业"。

之后，起草小组又根据大会提出的意见，对《中共中央关于教育体制改革的决定》进行了研究、修改，形成第十一稿，于5月27日提交中央政治局讨论通过。

1985年5月28日，《中共中央关于教育体制改革的决定》正式发表，提出了和"以经济建设为中心"的政治路线相互一致的新的教育方针：

> 教育必须为社会主义建设服务，社会主义建设必须依靠教育。

《中共中央关于教育体制改革的决定》认为：

> 要从根本上改变这种状况，必须从教育体制入手，有系统地进行改革。改革管理体制，在加强宏观管理的同时，坚决实行简政放权，扩大学校的办学自主权；调整教育结构，相应地改革劳动人事制度。还有改革同社会主义现代化不相适应的教育思想、教育内容、教育方法。

《中共中央关于教育体制改革的决定》确定的比较重要的教育改革内容包括：

中华人民共和国实施九年义务教育制度，将发展基础教育的责任和管理权限下放给地方。

1986 年通过《义务教育法》，从贯彻实施的情况看，将基础教育的管理权下放给地方，建立起省、县、乡分级管理，财政以乡为主的义务教育管理体制，调动了地方的积极性，对促进基础教育的发展发挥了积极的作用；但由于管理权下放的重心过低，中央和省级财政承担的责任太少，在实施的过程中逐渐暴露出一些严重的问题。

根据《中共中央关于教育体制改革的决定》，1985 年教育部改为国家教育委员会，成为国务院的一个综合部门，工作范围和行政权力有所扩大，在学校教育以外，统筹职业技术教育、成人教育等，真正面向全国教育领域，统管全局。

"两个增长"的决定，即要求中央和地方政府的教育拨款的增长，要高于财政经常性收入的增长，并使按在校学生人数平均的教育费用得到逐步增长。

地方政府可征收教育费附加，为义务教育增加一项资金来源。

回顾《中共中央关于教育体制改革的决定》，亮点有许多，而其最重要的亮点在于其精神：

深入调研，找准问题，对问题讲深讲透；

指出长期计划经济体制下所形成的僵化模式是教育工作中的最大弊端；

解放思想，强调改革；

因地制宜，分类指导，实事求是。

而《中共中央关于教育体制改革的决定》简洁、直接的文风，亦为人们所称道，从另外一种意义上说，也是改革勇气的体现。

颁布实施九年义务教育法

1986 年 4 月 12 日，六届人大四次会议在北京召开。

这次会议通过《中华人民共和国义务教育法》，这是我国首次把免费的义务的教育用法律的形式固定下来，也就是说适龄的"儿童和少年"必须接受九年的义务教育。

《义务教育法》规定：

> 适龄儿童和青少年都必须接受，国家、社会、家庭必须予以保证。其实质是国家依照法律的规定对适龄儿童和青少年实施的一定年限的强迫教育的制度。义务教育又称强迫教育和免费义务教育。义务教育具有强制性、免费性、普及性的特点。

说到《义务教育法》的制定过程，全国人大常委会副秘书长李连宁后来回忆说："我的工作总是跟着《义务教育法》走。"

《义务教育法》是李连宁参与的第一件重大的立法项目。据他后来回忆：

当时组织领导起草工作的有何东昌、柳斌，李鹏当时作为国务院副总理兼国家教委主任向第六届全国人大第四次会议作说明。

李连宁是作为具体的工作人员起草文稿，说起当时制定《义务教育法》的背景，他后来回忆道：

至今我还珍藏着起草的部分手稿。国家历来都把普及教育作为我国发展的重要决策。但是，总是提"普及教育"，并没有纳入法制轨道，普及了几十年，甚至缩短学制让大家来上学，但是教育事业的发展水平还是非常低。改革开放后，随着经济建设的快速发展，面临一个非常迫切的问题是：

怎样使沉重的十几亿人口负担转变成巨大的人力资源？

当时的考虑就是要把普及教育纳入法制化轨道，推进义务教育，加快提高民族素质的步伐。

1982 年的《宪法》中确定的是普及初等义务教育，并没有提九年义务教育，但在 1985 年《中共中央关于教育体制改革的决定》中，明确提出要实行九年制义务教育。李连宁说道：

其实，从当时的国力来看，实行九年义务教育的困难非常大。但中央依然下了决心，从现在来看，非常具有远见卓识，体现了优先发展教育，甚至超前发展教育的决心。

李连宁回忆说：

从1985年决定起草到1986年提请全国人大常委会审议，只有短短不到一年时间，《义务教育法》起草工作的时间很短，起草法律的经验不足，条文比较简单，只有18条。

但这部法律在我国教育立法史上具有里程碑意义，对推进中国教育的法制建设具有全局性的作用，对于推动国家经济社会各方面的发展，意义非常深远。

《义务教育法》的制定，标志着我国基础教育发展到一个新阶段。虽只有18条，但"国家实行九年制义务教育"从此成为法定义务。

1986年，宁波市北仑区人大常委会听取和审议区政府"关于实行九年制义务教育情况报告"并作出决议。会后，北仑区组织人大代表两次到柴桥、郭巨地区的部分镇（乡）进行实地考察、调查，进一步促进了"九年制义务教育的决议"的实施。

1987 年，北仑区人大常委会对义务教育法贯彻实施情况进行检查，全区九年制义务教育普及率达 90% 以上，整个教育事业出现迅速发展的局面。

1988 年，北仑区人大常委会又听取和审议区政府关于教育工作情况汇报。常委会认为：

> 区镇（乡）两级政府重视实行九年制义务教育，认真落实分级办学、分级管理方针，增加教育经费投入，并扎扎实实解决了义务教育中的实际问题。

常委会同时指出存在的问题，诸如教育基础薄弱，不少学校办学条件差，特别是对山区、海岛学校办学条件关心不够，等等。

区政府及教育部门听取意见后，作了认真研究和落实。1990 年，北仑区人大常委会在审议报告时指出：

> 要认真实施九年制义务教育，必须端正办学方向，提高教育质量，重视师资队伍建设，稳定山区、海岛教师队伍，提高教师政治业务素质，在制止流失生、改善教育基础设施、加快完小村校撤点并校步伐、加快校办企业发展等方面要采取相应措施。

同年 7 月，北仑区委、区政府提出近 3 年教育工作十大目标，分别是：

1. 进一步提高九年制义务教育的巩固率和普及率；

2. 提高中等职业技术教育的层次和质量；

3. 对新增职工和农村大多数新增劳动力普遍进行不同形式的职业技术教育；

4. 普通教育从"升学教育"模式逐步转向为经济建设和社会发展服务；

5. 加强师资队伍建设；

6. 改革学校内部管理体制；

7. 完善分级办学和分级管理的教育管理体制；

8. 多渠道、多层次筹措教育经费；

9. 改造破旧校舍4.5万平方米；

10. 各级各类学校都要有办学特色。

北仑人大常委会在全区范围内组织对《义务教育法》实施情况进行检查，进一步推动《义务教育法》贯彻实施。

不久，北仑区四届人大三次会议作出了《关于实施教育综合改革试验区的决议》，并先后两次在主任会议上听取政府关于实施情况汇报。

针对资金困难等问题，又在区四届人大常委会第十六次会议中，审议了政府关于教育事业费附加征收、使用和管理情况汇报，要求区政府落实教育费附加按属地征收、属地使用的文件精神。

在北仑区五届人大常委会第四次会议上，人大常委会听取和审议区政府《关于普及九年制义务教育经费筹措、使用及管理情况报告》。

常委会经过认真审议，要求区政府财政部门认真行使对教育主管部门的监督职能，专款专用，合理有效地使用教育经费，把区教育经费使用好、管理好，从而使区内的教育事业取得长足发展。

颁布教育改革和发展纲要

1988 年 5 月，中共中央决定研究起草一份有关教育改革和发展的纲领性文件，这份文件就是《中国教育改革和发展纲要》。

中央领导和国家教委领导非常重视这份纲领性文件的研究制定。

为确保"纲要"的起草顺利进行，中央不仅专门决策成立了国务院教育研讨小组，而且还特别强调研究，在研究的基础上提出思路。

"纲要"方案的研究和初稿的起草都是由研讨小组完成，然后由国家教委领导进行讨论，再报送中央。各种征求意见的座谈会、研讨会都由国家教委领导主持，由研讨小组撰写报告。

"纲要"始终与对我国教育发展许多重大问题的思考紧密结合，关系到 21 世纪初战略思想与战略选择。为此，"纲要"提出目标：

> 一是从实际出发确立了"低重心"的教育发展战略，把基本普及九年义务教育、基本扫除青壮年文盲作为我国 90 年代教育发展的"重中之重"。

二是提出实施"211 工程"，集中中央和地方等各方面的力量办好 100 所左右重点大学和一批重点学科、专业。

三是提出逐步提高国家财政性教育经费支出占国民生产总值的比例，要求 2000 年达到 4%；同时提出社会各方面都应增加对教育的投入，逐步建立以国家财政拨款为主，辅之以征收用于教育的税费、收取非义务教育阶段学生学杂费、校办产业收入、社会捐资集资和设立教育基金等多种渠道筹措教育经费，即"财、税、费、产、社、基"等一系列政策措施。

为了实现这一目标，《中国教育改革和发展纲要》提出教育体制改革的措施：

改革办学体制。改变政府包揽办学的格局，逐步建立以政府办学为主体、社会各界共同办学的体制。

深化中等以下教育体制改革，继续完善分级办学、分级管理的体制。

深化高等教育体制改革。进行高等教育体制改革，主要是解决政府与高等学校、中央与地方、国家教委与中央各业务部门之间的关系，逐步建立政府宏观管理、学校面向社会自主办学的体制。

改革高等学校的招生和毕业生就业制度。实行国家任务计划和调节性计划相结合，逐步实行收费制度，实行少数毕业生由国家安排就业，多数由学生"自主择业"的就业制度。

完善研究生培养和学位制度。通过试点，改进硕士学位授权点和博士生导师的审核办法，同时加强质量监督和评估制度。

改革对高等学校的财政拨款机制，充分发挥拨款手段的宏观调控作用。

…………

教育研讨小组在起草"纲要"的过程中，为确保其更具科学性，先后召开了各种研讨会、座谈会，包括人大、政协，特别是跟教育有关的部门，还有经济界、大中小学校等相关人员都参与了研讨。

此外，教育研讨小组还专门到美国等国家开了三场会议，以研讨小组的名义听取了包括著名美籍华人专家田长霖教授在内的共26位专家的意见。

研讨小组还专门组织在教育研究方面最有影响的著名专家，就"纲要"的许多方面的内容进行研究，充分地听取了专家意见。

在近5年的时间里，研讨小组广泛听取社会各界专家学者近千人的意见。

中央高度重视"纲要"的制定，中央政治局常委先后4次讨论，政治局全体会议2次讨论，国务院常务会议和办公会议5次讨论研究，首先在党和政府高层进一步明确了优先发展教育的战略思想。

1993年，党中央、国务院正式发布《中国教育改革和发展纲要》。据当时"纲要"研讨小组的人员后来回忆：

> "纲要"调研起草可用一句话来加以概括，就是"五年磨一剑"，在改革开放30年中，用长达5年时间制定出这样一份有重要影响的文件实属罕见。

中央原定于1989年5月召开党的十三届四中全会，专门讨论教育问题，然后再召开全国各省、市、自治区一把手会议，布置贯彻落实四中全会就教育问题作出的决定。

后来为了迎接当时的苏联领导人戈尔巴乔夫5月15日的访问，会议决定6月举行，"纲要"的出台推迟了一些。

1989年底，国务院教育工作研讨小组进一步完善了"纲要"。

邓小平南方谈话和党的十四大政治报告，为"纲要"的起草提供了重要的思想源泉。"纲要"的总字数虽然不多，但是其中的有些提法却千推万敲，反复斟酌，体现了党中央解放思想、实事求是的精神。

据参与"纲要"研讨起草的人士后来回忆：

> 在提"把教育摆在重要发展的战略位置"还是"把教育摆在优先发展的战略位置"时，当时在研讨小组内部就有不同的看法。而当向社会各界征求意见时，也确实有教育界以外的人士曾经提出疑问说，把教育摆在优先发展的战略位置，那其他领域怎么办，要不要优先发展？所以，千万不要小看"把教育摆在优先发展的战略地位"这 14 个字，这 14 个字确实来之不易。

邓小平的南方谈话不仅催生了党的十四大报告中建设社会主义市场经济体系的思想，而且也为酝酿了达 5 年之久的"纲要"最后出台，提供了强大的思想指导和助推力。

完全可以这样说，"纲要"的主要思想、基本精神，无不凝聚着党的第二代中央领导集体的睿智思考和准确判断。

"纲要"是我国改革开放时期最有指导意义的教育改革与发展决策性文件，它的出台进一步确立了教育优先发展的战略地位，指明了教育改革与发展方向。

正如《人民日报》发表社论指出：

《中国教育改革和发展纲要》把党的十四大报告中有关教育的论述加以进一步阐释，乃是指导中国教育未来的改革与发展的一份纲领性文件。

1994 年 6 月 14 日，李鹏在全国教育工作会议上发表题为《动员起来，为实施〈中国教育改革和发展纲要〉而努力》的讲话。李鹏说：

同志们！

实现《中国教育改革和发展纲要》提出的目标和任务，是一项伟大而光荣的使命，任重而道远。让我们在邓小平同志建设有中国特色社会主义理论和党的基本路线指引下，紧密地团结在以江泽民同志为核心的党中央周围，艰苦奋斗，少说空话，多干实事，坚定不移地实施"纲要"，努力把我国教育改革和发展推向一个新的阶段，为社会主义现代化建设作出更大的贡献！

7 月 17 日，为贯彻《中国教育改革和发展纲要》、推进"希望工程"实施座谈会在北京召开。在这次会议上，中共中央政治局委员、国务院副总理李岚清发表重要讲话。李岚清感慨地说：

> 我是教育战线上的一个新兵。我本人虽然受过高等教育，是个知识分子，但以前没有做过教育行政工作。这届政府成立之后，铁映同志有新的重要工作，要兼任经济体制改革委员会的主任，这个任务很重，因此，国务院决定我来分管教育工作。
>
> 虽然我没有做过教育工作，但在这几十年各种工作岗位上，我深深地体会到，无论做好什么事，关键在于人才，人才的关键在于教育。

李岚清指出：

> 我现在想讲的第一点，也是我要办的最重要的一件事情，就是要帮助教委推动社会各方面的力量，把党中央和国务院颁发的《中国教育改革和发展纲要》宣传好、贯彻好、落实好。这个"纲要"是一个很好的文件。"纲要"中规定的事情若都能落实了，我国的教育事业必然会有一个大的进步。这是一件关系到提高民族素质、国家兴旺发达的大事。

可以说，1993 年出台的"纲要"不仅开启了中国教育改革与发展的一个新的历史时代，而且也使中国教育的改革与发展进入了一个新阶段。

"纲要"不仅提出了与党的十四大目标相匹配的有关教育的新目标，而且也在全社会逐渐树立了如何发展经济、实现国家和民族复兴的新理念。

"纲要"的出台，不仅功在教育，而且利在国家；不仅功在当代，而且利在千秋；不仅是教育界的共同期盼，也是党、政府和全体人民的共识。

《中国教育改革和发展纲要》的颁布标志着我国教育事业步入了新的阶段，把教育事业提高到了优先发展的战略地位。

"纲要"是我国教育发展史上一个重要里程碑，总结了我国教育发展正反两方面的经验，指明了我国教育体制改革的正确方向，提出了"教育必须为社会主义建设服务，社会主义建设必须依靠教育的根本指导思想和新的历史时期教育事业"的战略目标，并将教育改革纳入改革开放和现代化建设的总体设计之中。

三、 健全体制

● 江泽民强调指出："调整教育结构的关键环节是要多办一些各类职业学校，培养大量的初级、中级人才。"

● 李鹏在讲话中强调指出："要加快教育立法步伐，尽快制定《教育法》、《职业教育法》、《高等教育法》及《教师法》的配套法规。"

● 李岚清说："要抓紧和加快教育的立法工作，使政府对教育工作的领导与管理逐步走上依法治教的轨道。"

江泽民强调要重视职业技术教育

1993 年，中共中央、国务院颁布的《中国教育改革和发展纲要》指出：

> 各级政府要高度重视，统筹规划，贯彻积极发展的方针，充分调动各部门、企事业单位和社会各界的积极性，形成全社会兴办多形式、多层次职业技术教育的局面。

"纲要"颁布后，神州大地掀起了教育体制革新的高潮。在不断创新的改革中，教育机构散发出新的活力，广大人民成为改革的受益者。

1994 年 6 月 14 日，党中央、国务院召开的全国教育工作会议在北京开幕。党和国家领导人江泽民、李鹏、李瑞环、朱镕基、胡锦涛等出席大会。

这次全国教育工作会议，是在我国加快建立社会主义市场经济体制和现代化建设步伐的新形势下，由党中央、国务院召开的一次重要会议。

会议的主要任务是，以邓小平建设有中国特色社会主义理论和党的基本路线为指导，贯彻党的十四大和十四届三中全会精神，进一步落实教育优先发展的战略，动员全党全社会认真实施《中国教育改革和发展纲要》，为实现 90 年代我国教育改革和发展的任务而奋斗。

中共中央总书记、国家主席江泽民在会议上发表了重要讲话，李鹏总理代表党中央、国务院作主题报告。

江泽民在讲话中指出，十一届三中全会以来，在各级党委和政府的领导下，经过广大教育工作者的辛勤努力，我国教育事业得到了迅速发展，教育改革逐步展开，教育工作取得显著成绩，提高了国民素质，培养了大量人才，对国家的经济建设、科技进步和社会发展作出了重大贡献。

江泽民代表党中央、国务院，向辛勤工作在教育战线的广大教师和教育工作者致以崇高的敬意，向关心、支持教育工作的社会各界人士表示衷心的感谢。

江泽民还谈到，各级各类学校都要全面贯彻党的教育方针，坚持社会主义办学方向，努力培养德智体全面发展的"四有"新人。要针对改革和建设过程中出现的新情况、新问题，不断加强和改进学校的思想政治工作和德育教育。他说，全社会都要关心和保护学生的健康成长，共同创造良好的育人环境。

江泽民强调指出：

> 要大力发展各种层次的职业教育和成人教育，调整教育结构的关键环节是要多办一些各类职业学校，培养大量的初级、中级人才。

从此，发展职业技术教育便被提上议事日程。各地的职业技术学校如同雨后春笋，纷纷出现在神州大地上。

1994 年，49 所全日制中等专业学校共招生 18 375 人，毕业学生 12 275 人。95 所技工学校共招生 19 116 人，毕业学生 15 585 人。职业高中和普通中学职业班共招生 9613 人，毕业学生 8664 人。

由国家教委和劳动部组织的全国中等职业教育办学评估中，铁路中等专业学校有 32 所被评为省部级重点学校，其中 21 所被命名为国家级重点中专学校；铁路技工学校有 39 所被评为省部级重点学校，其中 21 所被命名为国家级重点技工学校。

为进一步贯彻国务院和铁道部关于加强职业技术教育的决定和劳动部《关于深化技工学校教育改革的决定》，6 月，在陕西宝鸡召开了铁路技工学校改革与建设经验交流会。会上交流了 17 个典型经验，讨论了铁道部关于贯彻劳动部"决定"的实施意见，对进一步推动铁路技工、司机学校深化改革起到导向作用。

为探索改革传统的学科型教学体系、建立以职业能力为中心教学体系的职业教育改革途径，为促进中专、技工学校实习演练基地的标准化、规范化建设，铁道部制定下发了《铁路普通中专二十个专业校内实习演练基地标准（试行）》的通知和《铁路技工学校十一个专业校内实习演练基地标准（试行）》的通知。

当时，很多职业培训机构也在各地建立起来。

人大审议通过《职业教育法》

1996 年 5 月 15 日，第八届全国人民代表大会常务委员会第十九次会议在北京举行。

在这次会议上，人大代表审议通过了《中华人民共和国职业教育法》。这部法规在当年 9 月 1 日起施行，这是我国职业教育发展史上的重要里程碑。

《职业教育法》对职业教育的地位作用、体系结构、方针原则、办学职责、管理体制和经费渠道等都作出了原则规范。

《职业教育法》的颁布和贯彻落实，使我国职业教育逐步走上了依法办学、依法管理的轨道，职业教育的改革和发展迈上了一个新的台阶。

1999 年，在第三次全国教育工作会议上，江泽民再次强调：

> 努力办好各类职业技术教育是一篇大文章。中等职业技术教育虽然已经有了发展，但总体来说，还刚刚开始做，各地各部门要狠狠抓他 10 年、20 年，必会大见成效。

在发展职业教育方面，各省在中央的鼓励下大胆实践，其中，湖北省更是作出了优异的探索。说起湖北省发展职业教育的历史，还要从20世纪80年代初期说起。

早在1980年，为了解决城镇待业青年的就业问题，湖北省开展了大规模就业前的培训工作。

当时，全省积累下来的城镇待业人员多达46万，这些人中多数没有技术专长，就业困难。为了促进就业工作和城市第三产业的发展，全省在广开就业门路的同时，开展了对待业人员就业前的职业技术培训工作。

1980年9月，教育部、国家劳动总局拟定了《关于中等教育结构改革的报告》，国务院在批转这个报告时指出：

> 改革中等教育的结构，发展职业技术教育，适应四化建设的需要，是当前亟待解决的问题。各级人民政府、各部门都要予以高度重视，切实加强领导。

同月，湖北省教育局向省政府草拟了《关于积极发展我省农（职）业中学的报告》，就发展农（职）业中学的有关具体问题提出了意见。"报告"要求各地进一步扩大试点工作，制订出适合本地区的规划，采取措施，付诸实行。

"报告"要求各地办学形式要多样化，不搞"一刀切"，可采取改办、新办、联办等形式，广开学路，国家、厂矿、集体、社队多方面举办农（职）业学校。并且还就农（职）业中学的培养目标、学制、毕业生的出路安排、经费、编制、教师配备、生产实习基地以及如何加强领导等问题提出了意见。

当年，全省农（职）业中学发展到 98 所，在校学生 1 万多人。1982 年 4 月，湖北省政府在《关于改革中等教育结构，发展职业技术教育的几个问题的通知》中强调：

> 各级政府和各部门、各单位必须将发展职业技术教育工作纳入自己的议事日程，采取切实可行的步骤，尽快改变目前中等教育结构不合理的状况。
>
> 当前要特别重视发展农业、消费品生产行业以及商业、服务行业方面的职业技术教育。

"通知"还对职业技术教育中的一些具体问题提出了解决办法。

1982 年 6 月，湖北省教育局在利川县召开全省农（职）业中学试点工作经验交流会，总结交流几年来试点工作的经验。

利川县到 1982 年上半年已举办农（职）业中学 9 所，学生 924 人，占高中阶段学生总数的 17.5%。此外，中共利川县委、县政府拿出 129 万元扶持建校工作。该县坝漆中学、福宝山药材中学、甘溪山林业中学等都办得颇有特色。

利川县发展农（职）业技术教育的经验首先是党委和政府重视，教育部门和有关部门积极配合，其次是有一个好的学校领导班子和一支好的教师队伍。端正办学指导思想，从实际出发，因地制宜定专业、设课程，灵活多样地确定办学形式，自力更生，勤俭建校。

试点工作经验交流会提出，全省改革中等教育结构、发展职业技术教育的试点阶段已经基本结束，今后应把工作重点放在数量上有较快的发展，在质量上有较大的提高的任务上。这一年，全省农（职）业中学发展到220所，另有普通中学附设农、职业班172个班。农（职）业中学在发展过程中遇到比较大的阻力和困难，社会上不少人认为，学校条件差，教师水平低，学生考不上普通高中才上农（职）中。

农（职）业中学大多校舍破烂，设备奇缺，经费不足，缺乏可供选用的专业基础课和专业课教材，不少学校挂着农（职）业中学的牌子，实际办的仍然是普通中学，学生流失也很严重。

1981年，荆门县有一所农业中学录取新生72人，实际报到35人，到1982年在校学生仅剩下15人。鄂城县决定改办5所农业中学，上报省教育局后，只有一所学校挂出农业中学的牌子，其余中学都不愿意改办。1982年该县农业中学学生仅有12人。

在省政府的重视和支持下，省教育厅、财政厅、劳动人事厅、省计委等部门先后在办学经费、教学计划和教材、教师队伍建设、毕业生的就业安排等方面，制定了一系列政策，采取了一些有效措施，解决农（职）业中学办学中的一些具体困难，从而促进了农（职）业中学的发展。

1983 年 5 月，中共中央、国务院下发了《关于加强和改革农村学校教育若干问题的通知》。

"通知"指出：

> 各地要根据本地区的实际需要与可能，统筹规划，有步骤地增加一批农业高中和其他职业学校。除把一部分普通高中改办为农业高中和其他职业学校外，还要根据可能，新办一些各类职业学校。

为进一步贯彻落实中央文件精神，开创全省农（职）业技术教育的新局面，湖北省教育厅拟定了《关于进一步改革中等教育结构，发展农（职）业中学的意见（讨论稿)》。

"意见"提出，到 1990 年全省职业技术学校在校生应占整个高中阶段在校生的 50%，并对如何实现这一规划以及解决发展农（职）业中学的具体问题，提出了办法与措施。为办好农（职）业中学，湖北省下拨了设备补助款 560 万元。1983 年，全省农（职）业中学发展到

337 所，1984 年 1 月，湖北省教育厅、劳动人事厅、财政厅、省计委联合下发《关于进一步改革中等教育结构，发展农（职）业中学的意见》。"意见"提出要进一步提高认识，做好规划，加快发展步伐；采取有效措施，解决问题；进一步加强领导。

1984 年农（职）业中学在改革中数量上有了一些发展，质量上有所提高。这些毕业生在农村大都发挥了作用，不少人被录用为农村基层干部、乡镇企业从业人员和乡村农业技术人员，成为建设新农村的一支重要力量。

甘肃省定西市职业教育也引人注目。

2000 年，定西市教育局结合临洮建筑业发展，指导临洮县职业学校与本县建筑企业开展联合办学，由学校负责人员培养，企业提供实习基地并负责就业安置，学生在二年级时就被当地建筑老板一"抢"而空。

这样一试就试出了一条职业教育新思路，此后几年，他们大胆试验，不断探索，逐渐形成了扩大入口，疏通出口，联合招生，合作办学，异地就业的办学新路，经过总结推广在全市各职业学校全面开花。

当国家倡导联合办学时，定西市已有好多所职业学校与天津、苏州、青岛、厦门等地的学校、企业建立了良好的合作关系，形成了校校合作、校企合作、城乡合作、东西部合作等多种模式，为贫困地区青年走向全国打开了通道，解开了多年来制约定西职教发展的"瓶颈"问题。

到后来的 2005 年，在就业竞争十分激烈的情况下，全市 3000 多名职教学生稳定就业率达到了 95%；招生工作也随之大有改观，各县区职校 2005 年共招收新生 4727 名，比上年增长 70% 以上。上职校，学技能，外出创业成为越来越多的城乡青年的选择。

定西市委、市政府又明确提出了以职业学校为主阵地，扩大劳务培训输出，让更多的劳动力依靠技能挣钱致富。市教育局据此在抓联合大学，扩大学历教育的同时，狠抓劳动力的培训输转，广泛开展订单式培训、联合式培训、品牌式培训和储备式培训。

2005 年就已培训七八万人，大大增加了直接输出劳动力人数。职教与劳务输出的紧密结合，全面地提升了劳务产业的品质和效益，展示出广阔的发展前景。

面对新的形势，定西市教育局着力整合资源、强化措施，通过召开职校校长座谈会、职业教育工作会，组织相关人员到发达地区参观考察等多种方式，开阔大家的视野，学习外地经验，研讨定西市发展方略，响亮提出了走大职教发展路子的思路。

2005 年是定西市的"职教年"，经市委、市政府同意，于 4 月初在兰州石化职业技术学院召开全市职业教育工作会议，将考察学习与工作部署结合起来，取得了很好的效果。从某种意义上讲，职教已成为定西市劳务产业的"领跑者"，在劳务产业的提质增效上发挥了独有的作用。

落实就业扩招助学政策

1994 年，中国高校迎来了改革力度最大的一年。4
月 7 日，国家教委发出的《关于进一步改革普通高等学
校招生和毕业生就业制度的试点意见》提出：

> 国家不再以行政分配而是以方针政策为指
> 导，从招生开始，通过建立收费制度，以奖学
> 金制度和社会就业需求信息引导毕业生自主
> 择业。

这份"意见"，明确了以后大学教育改革的方向，对
高校招生改革影响深远。

在北京科技大学负责招生就业的韩经，后来回忆起
当年的经历时说：

> 在政府统一分配工作的时代，大学生的就
> 业不以自己的职业规划为转移，一个萝卜有一
> 个坑，我们的职责就是负责把萝卜栽进坑里。

韩经记得，当年统包统分阶段的分配工作，是学生
处最重要的任务。当时的情况是，原国家教委联合其他

部门，根据国有企业、政府机关、事业单位等用人需要，制订分配计划，然后下发给各个高校，高校根据这张表格，再推荐合适的人选。

虽然每个"萝卜"都有"坑"，但并非每个"萝卜"都满意，比如说那些恋爱的"萝卜"。当时学校不提倡谈恋爱，谈恋爱的同学都是偷偷摸摸的。老师在推荐工作时，只考虑家庭住址、成绩、表现等情况，根本不会考虑到自己的推荐会让这些恋人劳燕分飞。

对于大多数的学生来说，毕业时自己是没有选择权的，唯一的办法是辞职，人生轨迹的选择权也才回到自己掌握之中。

事实上，在 1994 年正式下发文件前，高校毕业生就业改革的试点在 80 年代中已悄悄铺开。韩经后来回忆道：

> 以前学生就业要经过高校、教育部两个大门，根本没法和企业直接接触，就像旧时的婚姻一样，在结婚前双方是不知晓对方的，但到了 80 年代末，越来越多的学生开始自己联系单位了。到 1994 年，其实大多数学校都已经开始让学生自主择业了。

曾经被视为森严的大门正在开启，至少行政命令不再过多干预毕业生择业。在 1994 年这一年秋季开学前，又一个文件下发，主要内容是：

> 国家教委选择北大、清华、复旦等全国37所院校作为试点，不再分计划内招生和计划外招生，对所有考生实行统一的录取分数和收费标准，开始推行高校招生并轨改革试点。

当时，人们开始惊呼，高等教育不再有免费的午餐。在中国，所有的人都希望通过大学之路找到一个好的工作，但事实上他们发现，当交了高额的学费之后并不能兑现这样的承诺，很多人为之失望。

高校毕业生就业制度改革，是高等教育各项改革中适应市场经济体制要求成效最为显著的，取得了历史性突破，打破了过去"包分配"和"包当干部"的传统模式。在实施高校毕业生就业制度改革措施之后，国务院于1999年6月，又作出了一个重大决定：对中国高等教育进行大扩招。

据当时的教育部发展规划司负责人后来回忆：

> 1999年6月13日，距离高考只有10多天时，教育部紧急召开的全国扩大招生计划工作会议上，时任教育部副部长的张保庆作报告，按增加50万人这个规模，重新部署了招生计划，最后增加了51万。而之前，全国每年的招

生增长数量最多不超过 10 万人，可以说，这次扩招国家是把"吃奶"的力气都使出来了。

当年，全国高校招生规模从 1998 年的 108 万扩大至 159 万，增量和录取比例超过近一半。

消息传来，人们奔走相告，各中学里洋溢着兴奋的笑声。面对突如其来的扩招，许多大学都感到学校在教室、食宿等方面有压力。

为缓解高校办学条件紧张的压力，中央财政从 1999 年增发的 600 亿元国债中，专门拨出 14 亿元用于这次高校扩招经费补贴。

2003 届毕业生小杨后来回忆说：

1999 年，大专院校的录取比例一举比上一年提高了 40% 以上。扩招降低了大学入门难度，却让"大学生"这一金字招牌不再物以稀为贵。

4 年之后，当这批因扩招而得以走进大学的学生走出校门时，却发现了一个悖论，随着扩招而到来的是学生就业难这个更大的难题。

到后来的 2003 年夏天，一贯保持着相对平衡的人才供需市场无法完全消化骤增的近 30 万毕业生，大学毕业生们体会到了从想象中的"天之骄子"待遇到现实中被用人单位挑挑拣拣、饱尝闭门羹的巨大落差。

高考这座"独木桥"，比 30 年前确实宽阔了许多，但是就业的路却比以前窄了。与此同时，高等教育逐步建立了成本分担制度，实行普遍的缴费上学制度。

随着高校收费的增长，一系列资助家庭经济困难学生的政策出台。

2007 年 5 月，国务院发布了《关于建立健全本科高校、高等职业学校和中等职业学校家庭经济困难学生资助政策体系的意见》。

新的资助政策体系惠及约 1800 所高校的 400 万名大学生和 1.5 万所中等职业学校的 1600 万名学生。待新的资助政策体系中各项政策和措施都真正落实到位后，每年用于助学的财政投入、助学贷款和学校安排的助学经费达到 500 亿元。

北京市全面启动生源地信用助学贷款试点工作。根据规定，北京籍考入京外普通高校的家庭经济困难学生均可申请生源地信用助学贷款。每个学生每学年可申请贷款金额最高达 6000 元，贷款期限最长达 14 年。

学生在校期间贷款利息全部由中央财政补贴，毕业后利息由学生和家长（或其他法定监护人）共同负担。

学生毕业后以两年期间为宽限期，宽限期内只付利息，不还本金；宽限期后由学生和家长（或其他法定监护人）按照借款合同约定偿还本息。

考入在京高校（含中央院校）的家庭经济困难学生，仍然实行高校国家助学贷款政策。同一学年内生源地信用助学贷款和高校国家助学贷款不能重复申请。

此外，生源地信用助学贷款申请时间为每年的 7 月至 8 月，在学生家长（或其他法定监护人）户籍所在区县的学生资助管理中心办理，学生和家长（或其他法定监护人）为共同借款人，共同申请贷款，共同承担还款责任。

北京市生源地信用助学贷款与高校国家助学贷款相比，贷款政策更加宽松，贷款程序更加快捷，还款约束机制和风险防范机制更加合理，这种做法的主要好处是：一是延长了贷款期限，缓解学生还款压力；二是简化了办理程序，提高了工作效率；三是提出共同借款人概念，确保贷款工作持续健康发展。

在解决困难大学生上学问题上，采取得力措施的除了北京外，辽宁省也进行了相关探索。

2003 年至 2006 年，辽宁省累计资助高校家庭经济困难学生 59 万人次，发放各种资助奖助金 12.3 亿元。

针对农副产品价格上涨情况，辽宁省里从 2007 年 6 月份开始，为省属高校和中职学校的特困学生发放伙食补贴。2008 年又拨付 8325 万元，用于省属普通高校、中职学校家庭经济困难学生的临时补贴。

2008 年 4 月，辽宁省委书记、省人大常委会主任张文岳在沈阳师范大学主持召开部分高校家庭经济困难学生座谈会，听取做好家庭经济困难学生资助工作的意见和建议。

健全体制

张文岳要求：

　　各级党委、政府进一步做好资助工作，不断完善家庭经济困难学生救助体系，为学生完成学业、健康成长提供有力保障，绝不能让一个学生因家庭经济困难而辍学。

　　座谈会上，来自辽宁大学、沈阳师范大学、沈阳航空工业学院、沈阳工程学院等高校的 20 多名家庭经济困难学生代表，分别讲述了他们在党和政府及社会各界资助下顺利进入大学探求知识、实现人生理想的经历，表达了在党和政府关怀下克服困难、完成学业、回报社会的决心。

　　同时，大家还就大学生申请助学贷款、勤工助学、提高就业技能、自主创业等话题积极建言献策。

　　张文岳认真听取大家的发言，仔细了解学生生活费开支、学生食堂价格和质量、困难学生补助、学生助学贷款等方面的情况，并当即责成相关部门尽快研究采纳学生们提出的意见和建议。

李岚清强调要加快教育立法

1994 年 6 月，国务院总理李鹏在中共中央、国务院召开的全国教育工作会议上发表重要讲话。

李鹏在讲话中强调指出：

　　社会主义市场经济体制的建立和完善，需要有完备的法制作保证，教育发展和改革目标的实现也有赖于法制的建设。要加快教育立法步伐，尽快制定《教育法》、《职业教育法》、《高等教育法》及《教师法》的配套法规。

在这次会议上，《教育法（草案）》被作为会议的三个重要文件之一进行了讨论。

当年 11 月，国务院法制局在征求了各方面意见后，对《教育法（草案）》作了缜密而细致的审查、修改，决定提交国务院常务会议审议。

说到《教育法》的起草与颁布，可以用"十年磨一剑"来概括，真可谓是"好事多磨"。

早在 1984 年 3 月，长春市一些高校的人大代表在吉林省六届人大一次会议上呼唤教育要立法。

5 月 8 日，长春地质学院党委书记、院长张贻侠，六届全国人大代表曾孝箴和全国政协六届委员李载柔大声疾呼：要制定《教育法》！他们在写给全国人大代表和全国政协委员的建议中写道：

> 现在我们正面临着一次机会和挑战，到了振兴中华的紧要关头，必须刻不容缓地把教育抓上去！抓教育，也要综合治理，采取许多政策和措施，但其中的首要者，是教育立法。
>
> 我们是一个 10 亿人口的大国，教育发展要靠法律的强力保障。应尽早结束发展教育取决于各级领导人对教育的认识程度的那种因人而异的状态。在我们看来，教育立法实在是一件迫在眉睫的大事。

这一呼声引起上上下下的共鸣。与此同时，在武汉召开的全国高教工作会议上，又有代表发出了同样的呼声。在两年后的六届人大四次会议上，人们又听到了这一呼唤。

甘肃代表李登瀛等 33 名代表、陕西代表季文美等 46 名代表，分别向全国人大提出了"尽快制定《教育法》"的议案。李登瀛等代表在议案中说：

> 必须有一个在宪法指导下的完整的法律体系，才能保证各级各类教育有比例、高效益地

发展，确保教育投资的规模和来源，促进教育事业在新旧经济体制交替中顺利转化，监督党对教育事业的政策措施的贯彻执行。

教育立法可以防止因为领导人的更替或注意力的转移而影响教育事业的发展，可以起到对干部和工作人员的制约作用，防止渎职和失职，是发挥群众监督作用的有力武器，也是国家的文明与先进的重要标志。

这之后，每年的人大、政协会议上，都有不少代表、委员提出类似的提案、议案和建议，发出同样的呼声。

《中共中央关于教育体制改革的决定》也指出："在简政放权的同时，必须加强教育立法工作。"

1985 年底，国家教委有关部门委托北京师范大学进行《教育法》的前期调研工作，并成立了由顾明远、成有信教授牵头的调研组。之后，国家教委在成都、中央党校和武汉大学等地召开《教育法》专题研讨会，听取有关专家的意见。

1988 年，国务院成立教育工作小组，进行《中国教育改革和发展纲要》的起草工作，《教育法》的起草与"纲要"起草同步。

为了加强教育立法工作，1989 年，国家教委成立了政策法规司。国家教委在江苏连云港、北京、青岛等地召开《教育法》专题研讨会，请有关专家、学者参与讨论和起草工作。

全国人大教科文卫委员会、法制工作委员会和国务院法制局也派人提前介入和指导《教育法》的起草工作。

1993 年是《教育法》起草工作的重要一年。这年年初颁布的《中国教育改革和发展纲要》提出：

> 要抓紧草拟基本的教育法律、法规和当前急需的教育法律、法规，争取到本世纪末，初步建立起教育法律、法规体系的框架。

5 月，国家教委新一届领导班子组成后，即把教育立法工作列入了重要的议事日程。5 月 8 日，李岚清在国家教委二次党代会上说：

> 要抓紧和加快教育的立法工作，使政府对教育工作的领导与管理逐步走上依法治教的轨道。

两天以后，李岚清又在国家教委一份关于教育立法工作的报告中批示：

> 能否加快一些进度。为了加快进度有两个办法请你们考虑：一是吸收社会力量组织专题法规的起草组，不用说其他社会力量，学校里

的专家就不少，还有些有真才实学的老同志也可请他们参加；二是借鉴外国的经验，例如德国的职业技术教育就很成功，可以参考他们行之有效又适合我国国情的办法。

国家教委主任朱开轩把教育立法列为自己主抓的"三项主要工作"之一，研究、协调起草中的问题，加快了立法进程。为了使立法决策实现民主化、科学化，《教育法》起草过程中，把专家学者吸收到起草组中，先后有北师大、北大、中国人民大学、华东师大、华中师大、中央教科所、中国社科院法学所、国家高级教育行政学院、地方人大、地方教育行政部门等各方面的专家参与了起草工作。

1994 年 1 月，国家教委将《教育法（草案）》（征求意见稿）发给国务院各部委，各省、自治区、直辖市教育行政部门，各民主党派，部分高等学校，教育界和法律界专家学者及教育界部分老同志，广泛征求各方面的意见，前后共收到几百份书面意见函，提出了 1000 多条修改意见。

各方面对《教育法（草案）》从总体上给予了肯定的评价。在这些意见中，大到体例框架、具体内容，小到文字标点，充分体现了严肃、认真、负责的精神和参与的意识，处处闪耀着真知灼见。

国家教委一位离休的老干部眼睛失明，但他仍关注

健全体制

着《教育法（草案）》，让其家人一字一句地给他念，然后郑重地提出自己的修改意见。

根据各方面的意见，国家教委又对《教育法（草案）》（征求意见稿）进行了仔细修改。经过一次次征求意见，集思广益，一次次字斟句酌、反复推敲，《教育法（草案）》一次比一次完善，一次比一次成熟。

李岚清主持召开了民主党派负责人和无党派人士座谈会，直接听取有关方面对《教育法（草案）》的意见。国家教委党组审议通过了《教育法（草案）》，决定提交国务院审议。

中央颁布实施《教育法》

1994 年 11 月 21 日，国务院常务会议在北京召开。这次会议原则通过《教育法（草案）》，正式提请八届全国人大常委会审议。

12 月底，八届全国人大常委会第十一次会议审议了《教育法（草案）》，认为《教育法（草案）》比较全面、成熟，基本符合我国实际，决定提交八届全国人大三次会议审议。

全国人大教科文卫委员会为准备审议《教育法（草案）》，专门就其中的一些重要问题，赴北京、上海、江苏、四川、陕西、甘肃等地召开座谈会和研讨会。

1995 年元月，全国人大教科文卫、法律委员会和人大常委会法工委召开了 5 次座谈会，再次征求了各部门以及教育界、法律界专家学者，民主党派人士，各级各类学校校长、教师等各方面对《教育法（草案）》的意见。《教育法（草案）》终于到了全国人大代表的手中。

真可谓"十年磨一剑"，此次提交八届全国人大三次会议审议的《教育法（草案）》已经是第十二稿。

从人大代表、政协委员、人民教师联名上书，恳切陈辞，到党和国家领导人多次关心，专家学者声声呼唤，这其中寄托着多少人的希望与企盼，这 12 稿中凝结着多少人的智慧和汗水。透过这些，不难发现，关心、重视教育的已不仅仅是教育界，而是党和国家的意愿，是人民的意愿，是全社会的共识。

1995 年 3 月 18 日，全国人大八届三次会议在北京隆重举行。这次会议正式通过《中华人民共和国教育法》，并经国家主席江泽民签署颁布，于当年 9 月 1 日起开始施行。

《教育法》规定：

中华人民共和国公民有受教育的权利和义务。公民不分民族、种族、性别、职业、财产状况、宗教信仰等，依法享有平等的受教育机会。

国家、社会对符合入学条件，家庭经济困难儿童、少年、青年，提供各种形式的资助。

国家、社会、学校及其他教育机构应当根据残疾人身心特性和需要实施教育，并为其提供帮助和便利。

国家、社会、家庭、学校及其他教育机构应当为有违法犯罪行为的未成年人接受教育创造条件。

《教育法》的颁布，是关系我国教育改革与发展和社会主义现代化建设全局的一件大事，对落实教育优先发展的战略地位，促进教育的改革与发展，建立具有中国特色的社会主义现代化教育制度，维护教育关系主体的合法权益，加速教育法制建设，提供了根本的法律保障。

《教育法》的颁布，标志着我国教育工作进入全面依法治教的新阶段，对我国教育事业的改革与发展，以及社会主义物质文明和精神文明建设将产生重大而深远的影响。

由于《教育法》是在教育改革和发展的过程中制定的，这给《教育法》的制定带来了一定难度。通过把立法的规范性与导向性相结合，较好地克服了这一矛盾。教育发展中面临的各种难题的解决，是一项长期的、艰巨的任务，不是一年半载能够完成的。

自《教育法》颁布之后，广州市各级教育部门积极开展学习、宣传。市教委制订了《关于学习贯彻〈教育法〉方案》，编印了《〈教育法〉学习材料汇编》，成立了《教育法》宣讲团。

教委主要领导亲自到基层进行宣讲，听众达 5 万多人次；召开了 5 套领导班子参加的学习、实施《教育法》动员大会；市教委还会同有关部门在海珠广场、天河城广场举办了三次大型的《教育法》宣传咨询活动；《广州日报》开辟了"学习《教育法》大家谈"系列专栏。

同时，采取措施，贯彻落实《教育法》，大幅度增加教育投入，以改善办学条件。

《教育法》第五十四条和五十五条中规定：

全国各级财政支出总额中教育经费所占比例应当随着国民经济的发展逐步提高。

各级人民政府教育财政拨款的增长应当高于财政经常性收入的增长。

广州市曾在一年中支出财政性教育经费达 24.8 亿元，占全市国内生产总值的 2%。

此外，广州市以提高教师待遇为重点，突出解决好教师住房困难，划拨了职工住房建设用地 6 块，面积共计 22.8 万平方米；各区、县级市也新建了一批教师住宅，市电信部门为教师优先优惠安装住宅电话，等等。

两大工程振兴高等教育事业

1995 年，国家教委开始实施"211 工程"重点建设项目，即面向 21 世纪，重点建设 100 所左右高等学校和一批重点学科点。

"211 工程"建设的目标是：经过 10 年或者更长一段时间的努力，使相当一批高等学校和重点学科能够成为培养高层次专门人才和解决国家经济建设、社会发展重大科技问题的基地。

"211 工程"建设的中心任务是：提高高等学校的教育质量、科研水平、管理水平和办学效益。

地处祖国大西南的电子科技大学，在"211 工程"建设中，从学科建设、人才培养到学科研究、基础设施各方面都取得了长足的发展，使学校成为电子信息领域高层次人才的培养基地、国防科技研究的生力军、开发建设大西南的科技中坚。

电子科技大学坚持把学科建设作为"211 工程"建设的核心和学校建设发展的龙头，采取有效措施，重点建设优势、特色学科，积极发展新兴、交叉学科，着力调整学科结构，促进学科融合，强化学科队伍和基地的建设，占领学科前沿和主流，有力地促进了学科发展水平的提高和实力的增强，在学科建设和发展中取得了显著的成绩。

电子科技大学通过"211 工程"建设，转变教育观念，树立以素质教育为核心，培养知识结构合理，基础扎实，勇于创新，个性突出，具有国际竞争力优秀人才的目标，狠抓学风建设，全面提高教育质量。

在"211 工程"建设中，电子科技大学将学科建设与重大工程项目连在一起，以重大项目带动学科发展，引进了一大批具有国际先进水平的设备与软件，建设了一批高水平的科研基地。

"211 工程"建设不仅使电子科技大学在教学科研产业方面取得巨大成果，而且使学校的面貌焕然一新。一个个高水平实验室的建立，一台台崭新的先进仪器设备，遍布全校的校园网以及能保证西南各省网络畅通的计算机网中心节点，都标志着电子科大在创建国内外知名的高水平大学进程中迈上了一个新台阶。

走进美丽的电子科大校园，崭新的图书馆、档案馆，漂亮的体育场馆、网球场、健身房、学生活动中心以及新建成的教职工宿舍、学生宿舍，宽敞的林荫大道充分向人们展示了"211 工程"建设给电子科大带来的可喜变化。

1998 年 5 月 4 日，北京大学百年庆典在人民大会堂举行。党和国家领导人江泽民、李鹏、朱镕基、李瑞环、李岚清参加庆典。

江泽民在讲话中指出：

为了实现现代化，我国要有若干所具有世界先进水平的一流大学。

之后，国务院批转了教育部《面向 21 世纪教育振兴行动计划》，提出要"创建若干所具有世界先进水平的一流大学和一批一流学科"。这就是人们通常所说的"985 工程"。

《面向 21 世纪教育振兴行动计划》，是在贯彻落实《教育法》及《中国教育改革和发展纲要》的基础上提出的跨世纪教育改革和发展的施工蓝图。

《面向 21 世纪教育振兴行动计划》提出了采取的主要措施。措施包括：

实施"跨世纪素质教育工程"，提高国民素质；实施"跨世纪园丁工程"，大力提高教师队伍素质；实施"高层次创造性人才工程"，加强高等学校科研工作，积极参与国家创新体系建设；继续并加快进行"211 工程"建设，大力提高高等学校的知识创新能力；创建若干所具有世界先进水平的一流大学和一批一流学科；实施"现代远程教育工程"，形成开放式教育网络，构建终身学习体系；实施"高校高新技术产业化工程"，带动国家高新技术产业的发展，为培育经济新的增长点作贡献；贯彻《高等教育法》，积极稳步发展高等教育，加快高等教育改革步伐，提高教育质量和办学效益；积极发展职业教育和成人教育，培养大批高素质劳动者和初中级人才，尤其要加大教育为农业和农村工作服务的力度；深化办学体制改革，调动各方面发展教育事业的积极性；依法保证教育经费的"三个增长"，切实增加教育的有效投入；高举邓小平理论的伟大旗帜，加强高等学校党的建设和思想政治工作，把高等学校建设成为社会主义精神文明建设的重要阵地。

当时，教育部在人民大会堂召开座谈会，学习宣传贯彻国务院批转的《面向21世纪教育振兴行动计划》。大家在座谈会中高度评价了《面向21世纪教育振兴行动计划》，认为该"计划"是深入贯彻党的"十五大"精神，实施科教兴国战略，进一步落实教育优先发展战略地位，迎接21世纪和知识经济挑战的重要举措。

全国人大常委会副委员长彭珮云、全国政协副主席罗豪才与教育界、科技界和经济界代表一起座谈。

教育部党组书记、部长陈至立首先介绍了该"计划"制订的背景、过程和主要内容。她认为教育已成为国家经济发展的基础和国际竞争力的重要标志。以邓小平教育理论为指针，从社会主义初级阶段基本国情出发，为迎接知识经济挑战做好准备，全面实现科教兴国的宏伟目标，是制订"行动计划"的基本出发点。

陈至立要求各级教育行政部门扎扎实实工作，在当地党委和政府的领导下，结合本地区实际，进一步研究和制定配套政策和措施，创造性地实施这一"计划"。

会上，北京市委常委、教工委书记徐锡安，河北省教委主任刘永瑞，清华大学校长王大中，上海交大教授张文军等发了言。

与会者一致认为，该"计划"是一个具有前瞻性，又有现实针对性，既具有全局指导性，又有很强操作性的好计划。"行动计划"提出的一系列教育改革和发展的政策、思路与措施将为我国教育面向新世纪奠定坚实的基础。与会者在座谈会中指出，注重创新，注重改革，注重质量，注重服务，注重依法治教，是"行动计划"的鲜明特点，也是我国教育进一步改革和发展的奋斗方向。

"211 工程"和"985 工程"为振兴中国高等教育发挥了巨大的作用。

中央领导人关注素质教育

1999 年 6 月 15 日至 18 日，由党中央、国务院召开的全国教育工作会议在北京举行。

这次会议是改革开放以来党中央、国务院召开的第三次全国教育工作会议。会议的主题是，动员全党同志和全国人民，以提高民族素质和创新能力为重点，深化教育体制和结构改革，全面推进素质教育，振兴教育事业，实施科教兴国战略，为实现党的十五大确定的社会主义现代化建设宏伟目标而奋斗。

中共中央政治局常委、全国人大常委会委员长李鹏，中共中央政治局常委、国务院总理朱镕基，中共中央政治局常委、全国政协主席李瑞环，中共中央政治局常委、国家副主席胡锦涛，中共中央政治局常委、书记处书记尉健行，中共中央政治局常委、国务院副总理李岚清出席会议。会议由朱镕基主持。

丁关根、吴邦国、迟浩田、罗干、温家宝、曾庆红、吴仪、彭珮云、许嘉璐、司马义·艾买提、王忠禹、钱伟长、宋健等领导人出席开幕式。

参加这次会议的有各省、自治区、直辖市和新疆生产建设兵团以及计划单列市党委或政府的主要负责人，教育行政部门的负责人，中央和国家机关、解放军、武警部队有关部门的负责人以及部分学校的负责人。各民主党派、工商联的负责人和教育界的老同志列席会议。

中共中央总书记、国家主席江泽民在会上发表重要讲话。江泽民强调：

> 国运兴衰，系于教育；教育振兴，全民有责。我们必须全面贯彻党的教育方针，坚持教育为社会主义、为人民服务，坚持教育与社会实践相结合，以提高国民素质为根本宗旨，以培养学生的创新精神和实践能力为重点，努力造就"有理想、有道德、有文化、有纪律"的，德育、智育、体育、美育等全面发展的社会主义事业建设者和接班人。

江泽民在讲话中指出，新中国的教育事业经过 50 年来，特别是改革开放 20 年的改革和发展，为社会主义建设培养了大批熟练劳动者和各类专门人才，并积累了丰富的教育工作经验。几代教育工作者艰辛探索，无私奉献，为祖国富强和民族振兴付出了大量心血，作出了历史性的贡献。

江泽民深情地说：

> 我代表党中央、国务院，向全国教育工作者和所有热情支持教育事业的广大干部、群众

和各界人士，表示衷心的感谢和问候。

这次大会以中共中央和国务院名义颁发了《中共中央国务院关于深化教育改革全面推进素质教育的决定》的文件。

"决定"指出：

全面推进素质教育，要坚持面向全体学生，为学生的全面发展创造相应的条件，依法保障适龄儿童和少年学习的基本权利，尊重学生身心发展特点和教育规律，使学生生动活泼、积极主动地得到发展。

江泽民、胡锦涛一直都对素质教育格外关注。江泽民在后来的谈话中多次谈到全面贯彻党的教育方针，坚持教育为社会主义、为人民服务，坚持教育与社会实践相结合，以提高国民素质为根本宗旨，培养德育、智育、体育、美育等全面发展的社会主义事业建设者和接班人的问题。

胡锦涛对此深有同感，他说：

从全社会来说，素质教育的实施是一个社会系统工程，需要教育内外协同长期努力，才能取得更大的成效，促进我国教育质量的进一步提高。

在全面推进素质教育方面，山东莱芜市在素质教育方面作了可喜的探索。

山东莱芜市钢城区黄庄镇丈八丘联小是一所偏远的山区小学。校舍只有 4 排平房，23 位专职教师中 80% 是民办教师转正的，有 11 人年龄超过 50 岁。

但是这些大龄老师个个精神饱满，而且个个有"绝活"，有的会吹竖笛，有的会拉二胡，有的会剪纸，有的会打太极拳……在他们的带动下，学生们拿起小剪刀，吹起小竖笛，在文化课之外，都有一个自己喜欢的项目。

有一年，校长董春玲从北京考察回来，看到城市学校里开出的五花八门的课程，为自己学校因为没有师资力量，无法开发特色课程而发愁。

丈夫安慰她说："城市孩子有的我们没有，农村孩子有的城市也没有。"这句话让她茅塞顿开。

2005 年底，董春玲因地制宜，鼓励教师们开发第二技能。这一下子，全校教师都动了起来，有的重新拿起了自己搁置多年的爱好，有的自费学起了技艺。

最后，每一名教师都练成了自己的"绝活"，在文化课之外都开起了一门特色课程。这些课程让丈八丘联小一下子活了起来。文化课之外，也像城里学校一样开起了传统文化课、朗诵课、礼仪课……

董春玲说：

实行课改 3 年来，学校不仅全面落实了国家课程方案，通过开展丰富多彩的课外实践活动，孩子们的综合素养提高了，综合评价和其他素质抽测一直名列全区前列。

山东省教育厅副厅长张志勇认为，莱芜市丈八丘联小的素质教育实践，打破了农村学校条件差，不能搞素质教育的断言。

在应试教育下，很多学校一直沿用"时间加汗水"的教学模式，课堂上进行填鸭式教学，课下布置大量作业，使学生课业负担不堪重负。但是，莱芜市丈八丘联小用自己的实践证明，农村孩子和城市孩子没有差距，只有差异，他们同样能享受到高质量的素质教育。

四、不断深化

●温家宝说："我们一定要抓紧建立健全资助家庭经济困难学生就学制度，切实保障他们接受义务教育的权利。"

●陈至立说："加快农村教育的发展和改革，是摆在各级政府面前一项重大而紧迫的任务。"

●温家宝指出："要让孩子们上好学，办好人民满意的教育，提高全民族的素质。"

改革农村教育管理体制

2001 年 7 月 19 日下午，正在安徽阜阳考察税费改革试点工作的国务院总理朱镕基专程来到颍上县十八里铺乡宋洋小学。

有着 30 多年历史的宋洋小学是一所村中心小学，有学生 508 人，在职教师 13 人。

望着教室里几十张破旧的课桌，朱镕基问校长王伟："怎么没有凳子？"

王伟解释："为了节省经费，凳子都是学生自己带。现在放假了，学生就把凳子带回家了。"

"这些课桌有多少年历史了？"朱镕基问。

"20 年。"

"20 年都没有换过吗？"

"没有。"

"这个学校在县里是什么水平？"

"中等。"

朱镕基沉默良久，摸着斑驳的桌面感慨地说："很艰难啊！"

考察后，朱镕基在宋洋小学召开农村基础教育座谈会，听取乡镇干部和中小学教师的意见和建议。

通过和乡镇干部、中小学校长的一番对话，朱镕基感慨万千，"感谢大家让我了解到了真实情况。任何一个国家，义务教育都是政府的责任，我国也不能例外"，"义务教育事关中华民族的复兴，绝不能削弱"。

正如饭需要一口一口地吃，路需要一步一步地走一样，中国义务教育体制改革，也要经历艰难曲折的探索。

2002 年，国务院出台《关于进一步加强农村基础教育改革的决定》，鼓励农村学校大胆破除束缚农村教育发展的思想观念和体制障碍，在农村办学体制、运行机制、教育结构和教学内容与方法等方面进行改革探索。

2003 年 9 月，国务院召开第一次全国农村教育工作会议，国务院总理温家宝在会议上讲话说：

> 要特别关注和解决好农村家庭困难学生的就学问题。我们是社会主义国家，根据目前国力，应该也完全有能力为全体适龄儿童少年接受义务教育提供帮助。
>
> 从全国看，辍学率哪怕有 1 个百分点，在农村就会影响上百万孩子的一生和前途，将给国家和社会带来难以弥补的损失。我们一定要抓紧建立健全资助家庭经济困难学生就学制度，切实保障他们接受义务教育的权利。

国务委员陈至立在第一次全国农村教育工作会议上发表讲话，她说：

全面建设小康社会最繁重、最艰巨的任务在农村，教育发展和改革的主要差距也在农村。目前我国农村人口平均受教育程度低，劳动力素质不高，已严重阻碍农民脱贫致富奔小康目标的实现，并影响城乡协调发展。加快农村教育的发展和改革，是摆在各级政府面前一项重大而紧迫的任务。

9月2日，国务院常务会议审议通过了《关于进一步加强农村教育工作的决定》。

《中共中央关于教育体制改革的决定》明确指出：

发展农村教育，使广大农民群众及其子女享有接受良好教育的机会，是实现教育公平和体现社会公正的一个重要方面，是社会主义教育的本质要求。

因此，我们必须认清形势，提高认识，把思想统一到中央决策上来，增强责任感和使命感，以更大的决心和更有力的措施，加快发展和改革的步伐，促进农村教育上新的台阶。

促进义务教育均衡发展

2005 年 5 月，教育部发出《关于进一步推进义务教育均衡发展的若干意见》，正视和着手解决择校热、"上学难、上学贵"的问题。

"意见"提出：

进行义务教育均衡发展，首先要制定出符合当地实际的义务教育阶段办学条件的基本要求，并采取积极措施，逐步缩小学校之间办学条件的差距，保证辖区内薄弱学校逐年减少。坚持义务教育阶段公办学校免试就近入学，不得举办或变相举办重点学校。要采取有效措施遏制义务教育阶段择校之风。

要加强县级政府对区域内教师资源的统筹，通过建立区域内骨干教师巡回授课、紧缺学科教师流动教学、城镇教师到乡村学校任教服务期等项制度，加大城乡教育对口支援力度，强化对农村教师的培训。

12 月 26 日，国务院决定从 2006 年开始，逐步将农村义务教育全面纳入公共财政保障范围，建立中央与地方分项目、按比例分担的农村义务教育经费保障新机制。

12月30日，国家发改委、教育部《关于做好清理整顿改制学校收费准备工作的通知》，全面叫停各地审批新的改制学校，对大规模改变公办学校的公益性、以教育牟利的"改制学校""名校办民校"进行清理整顿。

2006年7月28日，对成都市文翁实验学校的同学来说，是一个特别难忘的日子。

当天上午，温家宝给该校回信的消息传遍了整个校园。给总理的信是由这个学校的周君言和陈杨敏起草，以该校五年级（3）班全体同学的名义发出的。

同学们在信中感谢党中央、国务院出台的一系列好政策让他们有了更好的学习条件，还介绍了学校翻天覆地的变化。

回忆起收到总理回信时的情形，周君言说"感觉自己是最幸福的中国小学生"。

该校副校长严寒说："学校在不断发展，更多的当地失地农民子女以及外来务工农民工子女，正在享受和城区学校一样的优质教育资源。"

义务教育均衡发展问题，在西部各省尤为突出，陕西省在这方面取得了优异的成绩。

2008年10月12日至15日，陕西省政府教育督导团对洛川县义务教育均衡发展工作及县级党政领导干部教育工作进行了评估验收。

洛川县实施义务教育各项指标达到了省政府的要求，

被授予"义务教育均衡发展合格县"称号；洛川县委、县政府认真落实教育优先发展战略地位，通过了陕西省县级党政领导干部教育工作的考核评估。

省评估验收组一致认为，洛川县自从1997年实现"两基"目标以来，实施义务教育的水平和质量均有大幅度的提高，县委、县政府始终把教育事业摆在优先发展的战略地位，教育技术现代化装备实现了新的飞跃，民办教育、特殊教育和职业教育得到加强和发展，各项指标达到了省政府关于义务教育均衡发展的要求。

洛川县位于陕西省中部、延安市南部，因洛河流经而得名。2007年以来，洛川县先后投入7153.85万元，用于兴办义务教育均衡发展工程项目，当前已经初见成效。

为彻底改变全县中小学校配套设施滞后，校园环境差的状况，进一步实现设施先进、环境美化、道路美化的办学标准，洛川县把维修改造与建设管理并重，累计投入维修与新建校舍资金5000多万元，为各学校内部配套设备，新建中小学教学与辅助用房和高标准学生食堂，硬化道路，新修厕所，新修围墙，处理屋顶，粉刷楼房，改造窑洞。

另外，全部配套了中小学实验仪器、图书资料与体、音、美等科目的教学器材，使内部配套设施建设全部达到省颁标准，初步实现了义务教育办学条件的基本均衡发展目标，各项建设任务都按照省上提出的要求全面完

不断深化

成，全县中小学校的校园文化建设得到省市教育督导团的一致好评。

洛川县还认真落实"两免一补"政策，累计补助资金达4722万元。截至2008年底，全县共有各级各类学校120所，全县在职中小学教职工2754人，在校学生34 805名，全县的教育事业呈现出稳步发展的良好态势。

洛川县教育工作始终遵循"深化改革、优化结构、协调发展、注重效益"的指导思想，围绕办人民满意的教育事业这一中心目标，以改革统揽全局，创新教育体制，完善管理机制，整合教育资源，使洛川教育在困境中不断发展，先后被命名为"全国特殊教育先进县""全省幼教工作先进县""陕西省职业教育先进集体""陕西省教育宣传工作先进县"。

2008年7月，洛川顺利通过陕西省农村中小学现代远程教育工程省级验收；2008年10月被陕西省政府授予"义务教育均衡发展合格县"称号；2009年6月又被陕西省政府授予"高质量、高水平普及九年义务教育县"称号。

修订颁布实施新的教育法

2006 年 6 月 29 日，全国人大常委会审议通过的新《义务教育法》，将义务教育的均衡发展纳入了法制的轨道，将素质教育上升为法律的规定。

新《义务教育法》在免费教育上又迈出了一大步；在"以县为主"管理体制的基础上，进一步加大了省级政府的统筹和责任，实践着从"人民教育人民办"到"义务教育政府办"的转变；建立起义务教育比较完善的经费保障机制；强调了对非户籍所在地，特别是流动人口子女接受义务教育的问题；规范了义务教育的办学行为，建立了义务教育新的教师职务制度；增强了《义务教育法》执法的可操作性。

在《义务教育法》通过后不久，教育部发布了国务委员陈至立在学习贯彻实施新《义务教育法》座谈会上的讲话。

陈至立说：

> 修订后的《义务教育法》进一步明确了义务教育的性质和培养目标，规定了义务教育是公益性事业，将义务教育经费保障机制以法律的形式固定下来，明确义务教育不收学费、杂

费。明确了各级人民政府及有关部门等主体的职责和义务，规定了相应的法律规范，为我国在新的起点上更好地实施义务教育，提供了有力的法制保障。

全国人大常委会委员长吴邦国要求，各级政府及有关部门要高度重视修改后的《义务教育法》的实施工作，将法律规定落到实处。

安徽省教育厅召开学习、宣传和实施新《义务教育法》新闻发布会。省委教育工委书记、省教育厅厅长程艺在新闻发布会上，向参会新闻媒体介绍从 1986 年《义务教育法》颁布、实施到这次修订以来，安徽省义务教育事业取得的历史性成就，并阐述了新《义务教育法》修订的时代背景和意义。

为帮助各级教育行政部门领导干部、工作人员以及义务教育学校校长完整、准确地理解新《义务教育法》的主要内容，教育厅还举行了安徽省暨合肥市学习宣传实施《义务教育法》培训班。

培训邀请了全国人大教科文卫委教育室、教育部政法司和省教育厅领导，全面讲授新《义务教育法》的立法背景、宗旨和理念及其在制度、体制上的重大突破，解读具体条款的内在含义与理解要点，以及实施新《义务教育法》的有关要求和措施。

安徽省教育厅针对新《义务教育法》的学习宣传和

实施，制订了详细的学习宣传和实施方案。

新疆维吾尔自治区教育厅厅长吐尔逊·伊不拉音，在介绍《新疆维吾尔自治区实施〈中华人民共和国义务教育法〉办法（修订草案)》时说：

> 修订草案坚持义务教育公益性和公平性原则，结合自治区实际，从立法角度对教育均衡发展，适龄儿童、少年入学，收费限制，双语教学等重要内容作了详细规定。修订草案规定，县级以上人民政府及其教育行政主管部门应当优化教育资源配置，促进学校均衡发展，缩小学校之间办学条件的差距，不得将学校分为重点和非重点学校。学校不得在校内分设重点班、非重点班，或者举办各种名义的实验班、特长班。

当时，新修订的《新疆维吾尔自治区实施〈中华人民共和国义务教育法〉办法》增添了教育均衡发展、经费纳入财政保障、特殊群体教育权受保障等方面的内容，破解现阶段义务教育发展难题，让所有适龄儿童、少年能上得起学、上得好学，享受义务教育的权利。

全部免除义务教育学杂费

2008 年 3 月 5 日，十一届全国人大一次会议在北京召开。在这次会议上，国务院总理温家宝作政府工作报告，他说，要坚持优先发展教育。

温家宝指出：

> 要让孩子们上好学，办好人民满意的教育，提高全民族的素质。一是在全国城乡普遍实行免费义务教育。继续增加农村义务教育公用经费，提高保障水平。适当提高农村家庭经济困难寄宿生生活费补助标准。认真落实保障经济困难家庭、进城务工人员子女平等接受义务教育的措施。在试点基础上，从今年秋季起全面免除城市义务教育学杂费。

那时华中师大教授、时任武汉市教育局副局长的周洪宇在农村调研时发现，2002 年 9 月开始实行的农村税费改革，取消了过去可征收的农村教育附加费和教育集资，实际上钱又不够，原本基础薄弱的农村义务教育经费缺口变得更大。

周洪宇到京参加"两会"，他结合调研，写出了题为

《实行义务教育完全免费制应自农村始》的文章，强调"义务教育是国家义不容辞的责任"。随后，教育部财政司和基础教育司就分别给周洪宇来电，表示政府高度重视农村义务教育问题。周洪宇说：

> 以见报稿为起点，我在3月10日前写出了《关于实行农村九年义务教育完全免费制的建议》提交给了大会，就实现农村义务教育免费提出"分类承担、分步实施"的具体方案。

这一议案引起强烈反响，当时各种媒体对此观点的报道，集成起来有厚厚一本。

周洪宇说："这一议案的反响是我事先没有预料到的，更没想到的是，一届政府任期，议案就得到实现，这是以人为本的理念在政府行政中十分具体的体现。"

2008年9月1日，我国教育史终于迎来了非常值得纪念的日子，从这一天开始，我国实现了城乡义务教育全部免除学杂费，这是我国义务教育的一个里程碑。

当月，新修订的《中小学教师职业道德规范》正式公布，该规范反映了新形势下经济、社会和教育发展对中小学教师道德品质和职业行为的基本要求。

2009年2月下旬至3月上旬，国家教育督导团组织国家督学和专家，对辽宁、河南、湖南、广西、贵州五省（区）城市免杂费等相关工作进行了专项督导检查，

不断深化

共检查了 7 个市（州）、10 个县（市、区）、55 所义务教育阶段学校。

督查结果显示，自 2008 年秋季学期开始，五省（区）所有城市义务教育阶段公办学校和接受政府委托承担义务教育办学任务的民办学校学生，都享受了免除学杂费政策；对享受城市最低生活保障家庭的学生，继续免费提供教科书，并补助寄宿生生活费；对符合当地政府规定接收条件的进城务工人员随迁子女，免除了学杂费和借读费。城市免杂费的相关政策在五省（区）得到了较好落实，做到了"应免尽免"。

辽宁省从 2004 年秋季开学起，计划用两年时间建立健全农民工子女接受义务教育的制度和机制，安排农民工子女到全日制公办中小学入学，实现 100% 入学率。

河南省作为全国人口第一大省，进城农民工子女入学一直面临较大压力。省委、省政府高度重视进城农民工子女入学工作。郑州市金水区为缓解接收进城务工人员随迁子女较多学校的办学压力，2008 年投入 1.2 亿元，对 5 所接受进城务工人员随迁子女较多的学校进行了改扩建，极大改善了办学条件。

"百年大计，教育为本。"我国全面免除义务教育阶段的学生学杂费，这是国家在"执政为民"理念下减轻老百姓负担的可贵进步，也是我国教育体制改革的最大亮点。

本书主要参考资料

《教育体制改革攻坚》顾海良主编 中国水利水电出版社

《高等教育体制改革中的法律问题研究》刘剑文主编 北京大学出版社

《中国农业高等教育体制改革与农村发展》刘永功主编 中国农业大学出版社

《市场经济与中国高等教育体制改革》帅相志主编 山东人民出版社

《教育体制改革：科教兴国战略下的选择》朱国仁著 党建读物出版社

《中国教师教育的新境界：中国高等师范教育体制改革研究》檀传宝主编 北京师范大学出版社